RUA DE DENTRO

RUA DE DENTRO
MARCELO MOUTINHO

1ª edição

EDITORA RECORD
RIO DE JANEIRO • SÃO PAULO
2020

CIP-BRASIL. CATALOGAÇÃO NA PUBLICAÇÃO
SINDICATO NACIONAL DOS EDITORES DE LIVROS, RJ

M896r   Moutinho, Marcelo
         Rua de dentro / Marcelo Moutinho. – 1ª ed. –
         Rio de Janeiro: Record, 2020.

         ISBN 978-85-01-11859-2

         1. Contos brasileiros. I. Título.

                                    CDD: 869.3
19-60899   CDU: 82-34(81)

Meri Gleice Rodrigues de Souza – Bibliotecária – CRB-7/6439

Copyright © Marcelo Moutinho, 2020

Todos os direitos reservados. Proibida a reprodução, armazenamento ou transmissão de partes deste livro, através de quaisquer meios, sem prévia autorização por escrito.

Texto revisado segundo o novo Acordo Ortográfico da Língua Portuguesa.

Direitos exclusivos desta edição reservados pela
EDITORA RECORD LTDA.
Rua Argentina, 171 – Rio de Janeiro, RJ – 20921-380 –
Tel.: (21) 2585-2000.

Impresso no Brasil

ISBN 978-85-01-11859-2

Seja um leitor preferencial Record.
Cadastre-se em www.record.com.br
e receba informações sobre nossos
lançamentos e nossas promoções.

EDITORA AFILIADA

Atendimento e venda direta ao leitor:
sac@record.com.br

Para a Lia.

"A cidade está no homem
quase como a árvore voa
no pássaro que a deixa"

Ferreira Gullar

"É minha terra
e é ainda mais do que ela. É qualquer homem
ao meio-dia em qualquer praça"

Carlos Drummond de Andrade

Sumário

1. Purpurina — 11
2. Um dia qualquer — 27
3. Memória da chuva — 33
4. Militante — 45
5. Ocorrência — 51
6. Fada do Dente — 63
7. Comida a quilo — 77
8. Oxê — 83
9. Cheiro — 89
10. Endless love — 95
11. Nota dez — 107
12. Retrós e linhas — 117
13. Vanessa — 121

Purpurina

E MAIS UMA VEZ o batom percorrera os lábios sem resultar no contorno perfeito. Pequenos borrões vermelhos escapavam do desenho que eu tinha imaginado, invadiam a pele do entorno.

Que se dane, pensei.

Não restava tempo para a precisão. Meus pais voltariam em duas horas e ali, em frente ao espelho do quarto, a primeira já se fora. Passa o batom, molha a toalha, tira o batom. Nova tentativa.

Ainda era preciso achar o vestido em meio ao armário da minha mãe. Uma típica acumuladora. Entulhava os cômodos da casa com caixas cheias de canecas, lençóis velhos, eletrodomésticos já sem uso, brinquedos da infância de três gerações. Eu queria o vestido rosa-bebê, de alcinha, que deixava as pernas à mostra. Estava guardado há tempos, como resquício da juventude freada pelo noivado com o pai, e pela posterior gravidez.

— A gente vai no aniversário da Cláudia — ela disse ao fim da tarde daquela quinta-feira. Como de costume, entrara no quarto sem bater, interrompendo os exercícios de matemática aos quais eu me dedicava. Na sexta, eu tinha prova final. — Você toma conta da casa. Já não tem mais idade pra precisar de babá.

Topei, de cara.

— A que horas vocês voltam?

— No máximo, meia-noite — respondeu o pai. — Mas quero você na cama antes disso.

— Vou dormir cedo, amanhã tem prova.

Assim que eles saíram, executei o plano. A investida ao armário, à sapateira, à gaveta de maquiagem.

Minha mãe adorava usar maquiagem. Base, batom, rímel, lápis de olho, iluminador. Eu conhecia bem a arrumação, que contrastava com o caos reinante na casa ao respeitar a tonalidade das cores, da mais forte à mais delicada.

Escolhi o blush que deixaria ligeiramente rosadas as minhas bochechas tão brancas. Combinava com o vermelho aceso do batom. E a máscara de cílios, de um preto opaco.

Que se dane, repeti ao tentar novamente o contorno preciso nos lábios — e fracassar. Vai como está.

O vestido passou nas pernas com dificuldade. Minha mãe era muito esguia quando jovem, meu corpo sempre foi mais compacto.

Pensei nos sapatos de salto agulha, um desafio que logo se revelou impossível. A inexperiência pedia comedimento. Sapatos altos, contudo, eram inegociáveis. Acabei optando pela sandália de camurça cor de vinho, salto plataforma. Uns cinco centímetros.

Embora buscasse alguma elegância no caminhar, foi com dificuldade que percorri o trajeto entre o quarto e a sala. Logo à entrada do corredor, o primeiro tropeção. Apoiei a mão direita na parede, evitando um tombo mais espalhafatoso, mas o tornozelo dobrou e o joelho bateu com força no piso de sinteco. Entubei a dor num grito silencioso. Não havia ninguém em casa e ainda assim eu me sentia no palco de um teatro lotado.

Superada a queda, cheguei à sala e liguei o aparelho de som. A voz da Maria Bethânia se espalhou pelos cômodos. Minha mãe adorava a Bethânia. Me levou num show dela, quando eu era bem criança. Lá no Canecão, em Botafogo. Achei um luxo o shopping Rio Sul, a orla de Copacabana, o Canecão, tudo.

"Sonho meu
Sonho meu
Vai buscar quem mora longe
Sonho meu"

Eu e Bethânia cantávamos em dueto. No centro dos dedos flexionados, a parte interna do rolo de papel higiênico. Meu microfone.

Terminado o número, pude ouvir aplausos efusivos, imaginários. O filete de suor escorria pelo rosto. Baixei o som e abri a janela que dava para o quintal. Um vento temporão soprava na noite abafada de Oswaldo Cruz.

Vento encanado, diria a Vó Matilde. A pior coisa pra dar resfriado. Nunca soube definir um vento encanado, mas sempre soube identificá-lo.

As samambaias do quintal balançavam, largando suas pequenas folhas sobre o chão de cacos de telha. Deixei o vento secar meu rosto. A bênção, Vó Matilde. Fechei a janela.

Bethânia cantava "Ronda", a preferida da mamãe. O salto parecia menos desconfortável, já era possível caminhar com algum equilíbrio, e voltei ao quarto. Ao espelho. Com a mão direita colada ao peito, estiquei a esquerda ao encontro de outra mão, que não havia. Dois passos pra lá, dois pra cá, como via minha mãe e meu pai fazerem nas serestas do Clube Sargento. Então o barulho da chave girando na porta.

Tentei correr para o banheiro, mas os cinco centímetros do salto cobraram seu preço. O sapato partiu-se em dois. Meu corpo ainda estava caído no chão do quarto quando ouvi o berro rascante do papai sobrepondo-se à voz da Bethânia:

— Gustavo, que zona é essa?

*

LUANA TRABALHAVA na pista desde os dezesseis. Ficamos próximas quando passei a ir ao Cine Regência, ali na Rua Ernani Cardoso. Ela não era frequentadora, mas numa tarde de quinta-feira apareceu por lá com duas ou três colegas. Queria conhecer o ambiente, as travestis do subúrbio. Acabou fazendo amizade com quase todo mundo, do bilheteiro ao rapaz da limpeza. E se tornou assídua.

Dentro do cinema, a gente conversava na boa, sem ter que falar baixo ou evitar certos assuntos.

Foi a Luana quem me ensinou a esconder o pau nos fundos da calcinha, a depilar as pernas, o saco, o cu e o períneo, que ela chama de fonte dos desejos.

— Tem que tomar cuidado com silicone. Não cai nesse equê de injetar o industrial. Tomba a gente. Você é ninfeta, tá nova ainda. Começa só com o hormônio. Usa o de comprimido, que é melhor.

Escolhi o hormônio de adesivo. A pessoa cola na pele e ele vai soltando o estradiol. Cinquenta microgramas por dia. Ou cem, se você tiver pressa e não se importar com pau mole, porque, com cem microgramas, não sobe nem por decreto.

— Não esquece do Complexo B. É importante pra não ter anemia.

A Luana me deu também umas dicas sobre andar de salto sem cair, e como afinar a voz. Quando a gente acorda, ela é mais grossa. Tem que forçar o falsete ao longo do dia, aí vai se moldando. À noite, já tá quase feminina.

Pouco a pouco o corpo ganhou curvas, a bunda cresceu, as coxas ficaram mais carnudas. Os contornos da mulher suplantavam o desenho original, redefiniam o que, para mim, fora até então um rascunho. Cabelos longos, unhas pintadas, a tatuagem de flor — uma orquídea lilás — no cóccix.

No fundo, dá muito trabalho ser mulher com pau. A gente se fode toda com a eletrólise pra ficar lisinha, passa as horas atenta a cada mínimo gesto. A forma de cruzar as pernas, de se sentar, de falar, de mexer as cadeiras enquanto anda. Uma eterna briga com a morfologia, em nome da fidelidade a si mesma. Tinha uma amiga da Luana — já morreu, coitada — que até usava absorvente. Não sei como.

— Cansei de falar pra ela que aquilo era uó — disse a Luana. — Mas cada bicha com suas neuroses. A solidão é muito triste.

*

O GRITO DO PAI foi a freada longa que antecipa a colisão. O estrondo parecia inevitável. Daquelas ocasiões em que uma pequena batida passa a ser melhor que seu prenúncio, pois ao menos resolve as coisas.

— Gustavo, cadê você? — a voz grave rasgava a casa.

Levantei num sobressalto e avistei a grande estante de madeira onde ele guardava a coleção de carrinhos de ferro. Miniaturas de Fuscas, Chevettes, Porsches, Ferraris. Havia, no centro do móvel, um nicho para encaixe da cadeira giratória. Me agachei, entrei no buraco e puxei a cadeira, de modo que ela pudesse me ocultar. Mas o encosto colidiu com o tampo principal da estante.

Ao entrar, meu pai viu os carrinhos de ferro sobre o sinteco. O vaso de cerâmica que mamãe trouxera do Nordeste, presente de lua de mel, completamente estilhaçado.

Empurrou a cadeira com o pé, atirando-a para longe, e me puxou pelos cabelos.

— Que porra de roupa é essa, Gustavo?

O primeiro tapa, com a mão espalmada acertando em cheio a bochecha, nem chegou a doer, tamanho meu cagaço. O segundo, sim. Ao perceber que a mão se sujara com as cores vibrantes da maquiagem, ele bateu mais forte. Um soco, que perduraria em torno do olho por quase uma semana.

— Mulherzinha. Não vou ter filho mulherzinha.

— Calma, amor, calma — minha mãe, penalizada, tentava contê-lo.

— Calma, o caralho. É por isso que ele não vira homem. Se não vai por bem, vai na porrada.

*

QUEM ME APRESENTOU Luana foi a Pri, que havia acabado de se transformar. Luana a levou para conhecer a Lapa, as boates do Centro, os bares do entorno da Glória. Mostrou os pontos e disse que ela, se quisesse, poderia sair de casa e ganhar a vida fazendo pista. Pouco depois que a gente se conheceu, disse o mesmo para mim.

Luana dominava os códigos da rua. Tinha a manha. Esse aí é roubada, e apontava o carinha que abordara a loura de top e calça straight na Augusto Severo. Quando eles vêm em dupla, é roubada na certa. Vai arrumar zero real e, se der azar, uma sapatada no rosto.

A Pri logo começou a se arriscar na pista. Não demorou até que estivesse morando num casarão decadente, com jeito de república, na Mem de Sá. Cada menina tinha seu quarto e a proteção da Luana, o que garantia orientação tarimbada e um grau mínimo de segurança.

— Tem de tudo por aí. Era famoso aqui no Centro o doido que rodava num Monza, cheio de dinheiro na carteira, e gostava de levar dura da polícia. Ele gozava com isso, saía de casa só pra ser achacado — contava Luana às meninas recém-chegadas à Lapa, sempre ritmando a fala com uma risada escandalosa.

— Tinha outro que pagava para os PMs enfiarem o cassetete no cu dele. Nem usava gel, a maricona — e ela gargalhava a ponto de evocar a tosse dos muitos anos de fumante.

Por alguns meses, logo após o pai me expulsar de casa, me defendi na pista também. Ia para os motéis do Centro, nunca topei programa em carro. Perigoso demais. Fazia passiva e ativa, mais ativa, quase sempre com caras que juravam nunca antes na vida ter dado o cu. Alguns preferiam ser diretos: chegavam, fazíamos sexo e logo se mandavam. Outros chamavam pra jantar, tomar vinho, viajar junto. Queriam alguma intimidade para além da cama.

Nos dias de folga, tomava cerveja com a Luana e a Pri pelos arredores. Luana contava da chegada ao Rio, vinda do interior de Pernambuco, de sua temporada na Europa, do frio que passou, da grana que fez por lá, recordava a época em que se apresentava em boates gay, dublando cantoras de sucesso e divertindo o público com piadas. Um talento, a Luana.

E uma sobrevivente.

— Quase todas as minhas amigas morreram de aids. A maldita fez um estrago na nossa turma — e Luana às vezes se emociona ao falar de Alyce, Natasha, Mel, Jenifer, Athena, Rebecca.

— Isso aqui já foi mais cagado. A polícia perturbava, obrigava a chupar neca dentro da patrulha.

Agora tem o acerto, direitinho. A gente paga a taxa combinada e trabalha tranquila.

A Luana já não faz pista. Envelheceu, o silicone escorreu, os peitos viraram duas muxibas. Ninguém quer travesti com mais de quarenta. Mas ela se sustenta com a recolha entre as meninas do casarão. Quem mora lá fecha um valor fixo por mês, por defesa e moradia. As que moram fora e trabalham entre a Lapa e a Glória pagam diária. Se não dá pra ficar rica, ao menos o básico está garantido.

Sou muito agradecida à Luana. Meu pai teve que engolir quando a convidei para a formatura. Mamãe, que me ajudara a pagar as mensalidades, sempre escondida da família, não estava mais entre nós. Luana chegou na cerimônia com um longo de causar inveja. Verde bandeira, de paetês, com a base em renda dourada. Roubou a atenção em meio às formalidades e à profusão de becas do salão nobre da faculdade. Os convidados, os formandos, os professores, todos pareciam absorvidos por aquela figura com jeito de intrusa, os cabelos vermelhos quicando nas costas enquanto ela caminhava em direção a mim.

— Pai, essa é a Luana, aquela amiga de quem falo sempre.

Ele esticou a mão num cumprimento protocolar.

— Prazer, senhor. Tá orgulhoso da filha advogada?
— Filho.

*

Minha mãe contava que, quando eu nasci, papai tirou dinheiro da caderneta de poupança, a reserva para um imprevisto qualquer, ou para a tão sonhada viagem aos Estados Unidos, e comprou uma caixa de charutos. Ele disse aos parentes e amigos próximos que os charutos eram cubanos legítimos, mas minha mãe apostava que tinha sido enganado, que aquela caixa de madeira pintada de azul fora fabricada aqui no Rio de Janeiro mesmo, numa oficina de fundo de quintal.

A extravagância dos charutos era para festejar o nascimento de um filho homem. Durante toda a gravidez, embora os dois tivessem pactuado não saber o sexo antes do esperado dia do parto, ele deixara claro que queria um sucessor à sua feição.

Passei a infância ouvindo que deveria estudar para o concurso do Banco do Brasil. Um emprego estável, com bom salário. Ou seguir a carreira militar. Meu pai sempre lembrava que, quando o rapaz termina as disciplinas na Marinha, faz uma viagem ao redor do mundo, conhece quase todos os países. E aproveitava para reiterar que uniforme da Marinha é garantia de sucesso entre as mulheres. "Vai poder escolher", ele dizia.

Minha mãe retrucava que eu é que deveria definir meu futuro, embora também insistisse na questão da estabilidade. No dia em que ela morreu, o papai pediu que minha tia me telefonasse para avisar. Fui ao velório com o vestido mais discreto que tinha. Preto, simples, sem nenhuma renda ou enfeite. Percebi, na capela, que os amigos dele não sabiam que eu havia me transformado. Me encaravam com estranheza, tentando identificar quem seria aquela mulher debruçada sobre o caixão, aos prantos. Mas aos poucos os traços do menino Gustavo foram se deixando ver. Então os sussurros, os olhares que logo se desviavam.

Luana me esperava do lado de fora do cemitério — achei melhor que não entrasse — e fui embora com ela, sem cumprimentar ninguém.

*

— SE SACAR QUE o bofe tá achando que você é mulher, é melhor avisar logo — me alertou a Luana quando eu ainda era caloura.

Ela contou da noite em que, recém-chegada à cidade, conheceu um carinha no bar. Beberam uns drinques e tal, flertaram, depois partiram para o motel. Chegando lá, a descoberta. E a surra: duas costelas quebradas, costura no lábio, hematomas no corpo inteiro.

Apesar do desenho feminino, nossa força é de homem. Na hora em que o pau quebra, dá para encarar de igual para igual. Mas o cara era imenso. Luana apanhou muito e ficou três meses fora da pista. As amigas emprestaram dinheiro, levaram almoço, lanche. Demorou até ela ter coragem de descer de novo para a Augusto Severo.

Por isso os pontos são tão bem demarcados. Prostituta numa parte da rua, travesti na outra. Uma sinalização que prescinde de placas.

Eu tenho sorte, nunca levei porrada trabalhando. Nem cano. Quando você passa a conhecer os clientes, a coisa fica mais leve. Eles têm medo de um escândalo, de registro em delegacia, da mínima possibilidade de receber o atestado público de que gostam de trepar com mulher trans, de roçar pau com pau, sentir a língua no cu, vestir calcinha, ser chamado de putinha, vagabunda — e pagando cachê.

*

Saí de casa três anos depois daquela noite do aniversário da Cláudia. Entre o tapa e o dia em que enfim fiz a mala, mantive o foco em terminar o ensino médio, com escapadas esparsas para brincar de crossdresser com colegas do bairro. Combinávamos por meio de uma sala de bate-papo na internet. Depois nos encontrávamos num prédio abandonado em Piedade, para nos montarmos, trocando roupas e apetrechos. Mas nunca rolou sexo com ninguém do grupo.

Minha primeira vez foi ainda no corpo de homem. Uma merda. À medida que novas experiências vieram, fui aprendendo a relaxar, a usar direito o lubrificante, a perder a vergonha. O prazer se apartou da dor pra ser só prazer.

— Travesti é igual purpurina, brilha e incomoda — me disse a Luana numa noite de pista na Lapa. Com o passar dos anos, entendi que a gente está invariavelmente na borda. Da natureza, dos limites, das interdições, das possibilidades, dos significados. Da alegria, talvez.

Foi a morte da mamãe que me reabriu as portas de casa. Poucos dias depois do enterro dela, meu pai me procurou. Acho que percebeu que morreria sozinho e decidiu me manter por perto, ainda que não morando junto. Apesar do indisfarçável incômodo, ele não reclama mais das minhas roupas, da maquiagem, da voz em falsete. Mas nunca me chamou de Camile. Gustavo, sempre.

Meu pai chorou quando peguei a carteira da OAB, onde está escrito Camile Pereira Marques. E até deu uma força ao indicar meu trabalho de advogada para alguns colegas da empresa onde bate ponto há trinta e dois anos. Tenho feito algum dinheiro com o Direito, pelo menos para os gastos do dia a dia, aluguel, comida, academia, plano de saúde, um barzinho no fim de semana. Se a barra aperta, volto aos programas. Mas sem pista, só cliente antigo, no privê.

Na semana passada o papai completou sessenta anos. Tirei a reserva da poupança e organizei uma feijoada lá em casa, com pagode. Até a Luana foi.

Um dia qualquer

As portas de ferro da padaria se levantam às sete, como ontem, anteontem, semana passada, e o cheiro do pão vaza do forno pela rua afora num caminho invisível, feito só de desejo. Há uma fila, quatro ou cinco pessoas alinhadas à espera. Seu Risério, o dono, me acena de longe e eu ergo o braço direito, a mão quase fechada girando e desenhando no ar o sinal de mais tarde passo aí. Ele volta a atender os fregueses.

A calçada guarda a réstia da chuva da madrugada, mas o sol, incipiente, já ameaça colher aquelas pequenas poças. Desisto de comprar pão porque a fome também se esvaiu. Desde ontem. Embora o organismo continue funcionando como máquina perfeita, a digestão, os processos todos, ainda que o último alimento tenha sido consumido há coisa de vinte e quatro horas, o apetite se recusa a fazer figuração.

Meu objetivo é aparentemente simples. Andar por cinco quarteirões e, chegando ao ponto almejado, retirar um documento. Não demora mais do que quinze minutos, me contaram.

Na loja de sucos, onde paro para engolir quase que à força a vitamina de mamão com laranja e cenoura, o assunto é a rodada de ontem. O time é um lixo, diz o atendente quando o senhor de cavanhaque faz troça da derrota do Flamengo. O time, não. O técnico é que é uma merda, basta sair na frente que bota todo mundo na defesa. Um merda, corrige o senhor. Artigo masculino. Não fode, Pereira. Não fode, que seu time também é uma merda. Artigo feminino.

Pago a vitamina e sigo pela avenida principal, que parece embaçada pela combinação recente de sol e chuva. Dá licença, moço, a menina de trança me toca levemente as costas. Atrás dela, outras, de saia plissada azul-marinho e camisa social branca, colocada para dentro. As mochilas passam ligeiras, deixando um rastro de vento e estridência.

Lembro do uniforme que usava nos tempos do curso primário. Os dedos longos da mãe ajeitando a gola da camisa, entrelaçados aos meus dedos de menino, do carro até a entrada da escola. Não esquece de comer a banana, banana tem potássio, alimenta. Tá bom, mãe, pode deixar, e a artimanha de trocar a banana por um pacote de pipoca doce, daqueles cor-de-rosa. As pipocas nem eram exatamente doces, uma ou duas a cada dez, e talvez nisso estivesse a graça. Na delicada alegria de fisgar o improvável.

Mais três quarteirões, checo o mapa no celular. Os camelôs começam a montar suas barracas. Daqui a pouco, a avenida estará tomada de gente, objetos, sujeira. O homem-sanduíche que veste a frase Compro Ouro me estica o panfleto. Não tenho ouro, recuso, e ele me entrega um segundo papel. As mulheres mais quentes do Centro. Até 20 horas, chope em dobro. Recuso, igualmente.

Temo por um instante ter esquecido algum papel importante. Parado na esquina da avenida com a rua do cartório, verifico de novo a pasta. Certidão de nascimento, carteira de identidade, CPF, título de eleitor, relatório médico. Em comum, o nome: Maria de Fátima Nogueira.

O nome que já não fala, avesso do corpo. E o Nogueira que resiste em mim, como se ressoasse o eco distante de um bumbo solitário.

Atravesso a rua e, no cartório, é tudo muito rápido. Em poucos minutos, o funcionário me entrega a certidão. O óbito — assim se diz na linguagem burocrática dos balcões — é descrito em pormenores. Local e hora. O pulmão esmigalhado, o fígado com hipovolemia, as lacerações em diferentes órgãos após ação contundente.

Quando inicio a volta para o hospital, o sol já venceu a chuva por completo. As lojas anunciam nas vitrines suas promoções de Natal. Letras arredondadas, em vermelho e verde, brilhantes. Na entrada da galeria, o rapaz com o gorro de Papai Noel à cabeça reitera a mensagem dos cartazes. Natal barato é aqui, no Shopping Ouvidor.

Buzinas, bordões de venda, o apito do guarda de trânsito. Um cachorro lambe a quentinha que o mendigo acabou de comer, refestela-se com os restos de feijão, enquanto seu dono dorme sobre duas folhas de jornal. A normalidade, por alguns segundos, se revela insuportável.

Encostado ao poste, o homem-sanduíche bebe um refresco de cor amarelada. Maracujá? Manga? Caju? Cogito os sabores enquanto percorro a avenida, agora em sentido contrário. Deve ser caju, está bem tênue o amarelo. Penso na acidez do caju, no frescor dos pães a comprar logo à frente com o seu Risério, talvez porções de queijo e presunto, para meus irmãos que por tantas horas velaram uma esperança esparsa como o doce das pipocas de embalagem rosa.

Duzentos gramas de presunto e cem de queijo, por favor. O pão francês saiu agorinha, está quente ainda. Vou levar oito. Pode fechar. Bom Natal pra você. Pro senhor também. E feliz ano novo, digo, antes de sair.

Memória da chuva

— É PERIGOSO. Um risco considerável. Eu não aconselharia.

Eduardo, o primo que se notabilizou em meio à família Oliveira graças ao cargo de delegado, dava verniz de especialista à recomendação. Nada de novo. O pai era igualmente contrário, e a mãe, embora hesitante, nutria o receio com a manchete do jornal do dia.

CINCO SOLDADOS DA UPP DO
SANTA MARTA SÃO BALEADOS EM
CONFRONTO COM TRAFICANTES

Rafael e Maicon se esbarraram pela primeira vez na seletiva para a Escolinha Futuro Atleta de Futebol de Areia, na Praia de Botafogo. Lá se vão dois anos.

Maicon sempre preferiu o ataque. É do tipo grandalhão, centroavante trombador. O franzino Rafael impressiona pelo fôlego. Joga de volante.

Costumam formar no mesmo time, o de colete laranja, que reúne os reservas da escolinha. Advogado bem-sucedido, referência na área tributária, doutor Raimundo Flores de Oliveira arca com as mensalidades de Rafael como um agrado ao filho. A expectativa é que, após o término dos estudos no tradicional Colégio Santo Inácio, o garoto vá para a faculdade de Direito e cumpra o legado da família. De avô para pai, de pai para filho.

Às vezes, depois do treino, os dois amigos se refrescam nas águas sujas da praia. Raimundo já advertiu Rafael quanto ao risco de contrair hepatite, leptospirose, mas a poluição não se deixa ver e os meninos mergulham sem preocupação. Gostam de contar os barcos estacionados na baía, observar quando mudam de posição, os novos que chegam, redesenhando a paisagem. Depois, a caminho de casa, fazem a resenha do futebol.

Maicon mora na Rua Jupiara, pertinho da quadra da Mocidade Unida do Santa Marta. Como os pais não curtem muito essa história de escola de samba, nunca pôde entrar na sede vizinha. Mentira. Isso é o que ele costuma dizer. Toda véspera de desfile, o moleque anuncia uma pelada qualquer e parte para a quadra, onde defende um trocado ajudando a embalar as fantasias.

O dinheiro depois vira um game novo, um tênis responsa. A mensalidade da escolinha está garantida, há uma bolsa-comunidade para dez por cento dos alunos. E na família ninguém se importa que queime algumas horas semanais com o pé na areia, na luta pela vaga no time principal. Quem sabe há um futuro aí?

Raimundo conhece o amigo de seu filho. Levou-o, por mais de uma ocasião, para passar o domingo na piscina do condomínio do Palazzo São Clemente. Ele e a esposa, Helena, têm carinho por Maicon e acham importante Rafael se relacionar com pessoas de fora de seu estrato social.

*

— SE ELE PODE vir aqui, por que não posso ir lá?
— É diferente, Rafael.
— Mas diferente por quê?

*

Desde que o pai de Maicon telefonou convidando Rafael para o aniversário do garoto, a discussão se impôs. Não bastasse comparecer à festa, Arnaldo propunha que Rafael dormisse na casa do amigo.

Raimundo respondeu que iria conversar com a mulher. Chegou a digitar o endereço no Google Maps, para checar a localização da casa. Mas o campo visual do aplicativo termina próximo ao limite do asfalto.

— Não fica na parte alta do morro, não — disse Arnaldo.

— Não estamos preocupados com isso, pelo amor de Deus. É só questão de conversar com a Helena — disfarçou Raimundo. — Até amanhã a gente confirma. Posso retornar para esse número mesmo?

— Pode, sim. De preferência na parte da noite. De dia, estou no volante do ônibus.

*

O Santa Marta, para Rafael, era um desenho pontilhado de frases. Um borrão forjado nas conversas com Maicon sobre pipas e piques e gambiarras nos fios de luz. Ele estava empolgado com a proposta de passar a noite por lá, mas também aflito. Mantivera até então seu segredo a salvo. Os pais chamavam de "enurese noturna".

Com dez anos, não tinha mais idade para isso, como Raimundo repetia a cada ocorrência. Eram frequentes. Araci, a empregada, já deixava o balde com sabão líquido devidamente preparado para o enxague. Pelo menos três vezes por semana, o garoto fazia xixi na cama.

Helena tentara convencer o marido a levar Rafael a um psicólogo.

— É emocional, já andei lendo sobre isso. Uma consulta pode fazer bem pra ele.

Mas Raimundo confiava no remédio do tempo.

— Daqui a pouco passa.

*

NA NOITE DO CONVITE, o jantar foi tenso. Raimundo evocou sua postura de democrata, seu apreço pelos mais pobres, sua noção de justiça social, para em seguida ressalvar que a situação estava fora de controle.

— Se ainda fosse no tempo em que a UPP funcionava. Eu acreditei muito nesse projeto, na polícia pacificadora...

— Meu medo é o tráfico invadir o morro — retrucou Helena. — Mas fica chato a gente dizer não. O Maicon é um bom garoto, vive aqui em casa. Os pais são trabalhadores, gente de bem.

Rafael engolia, em silêncio, as garfadas de frango grelhado com purê.

— Então vamos fazer média? E se o Rafa tomar um tiro? Se o Rafa morrer? De que adiantou a gente ser politicamente correto?

— Eu tenho dúvidas. O que você acha, Rafael?

O garoto se espantou ao ser chamado à conversa. Bebeu um gole de suco de laranja.

— Eu queria ir.

— Não tem medo? — perguntou o pai.

— Não. O Maicon sempre fala que é tranquilão lá.

*

JÁ NA CAMA, Rafael mandou uma mensagem ao amigo reproduzindo a conversa. Disse que estava confiante, apesar de tudo. Que queria conhecer a turma da pipa, um grupo de garotos mais velhos que empina papagaio próximo à área do mirante. E provar o churrasco de alcatra, especialidade do tio Arnaldo.

Cinco Ave-Marias e cinco Pai-Nossos foram rezados antes de dormir. Rafael rogava que, caso fosse mesmo passar a noite na casa de Maicon, não pagasse o vexame de mijar nos lençóis, uma vergonha na frente do amigo, dos pais dele. A angústia roubou seu sono, transformando a madrugada numa longa vigília.

*

A DECISÃO SOBRE o aniversário ficara para a manhã seguinte, o tal dia em que Raimundo resolveu telefonar para o primo policial em busca de aconselhamento técnico.

— E aí, Helena? Temos que dar uma resposta ao Arnaldo. Por mim, ele não vai. Mas temos que bancar juntos. Dividir a responsabilidade.

— Eu pensei bastante. Acho que o Rafa deve ir.

— Ir? — Raimundo parecia surpreso.

— Sim, ir. A gente combina de ele ligar de uma em uma hora. E o Arnaldo não falou que é bem no começo do morro? Qualquer problema, vamos até lá e trazemos o Rafa para casa.

— Você tem certeza?

— Não. Mas tenho a sensação de que não podemos negar isso a ele.

*

No sábado, Rafael passou pelo menos vinte minutos ouvindo as recomendações dos pais. Ligar de uma em uma hora. Não circular para além dos limites da casa. Não afrontar desconhecidos. Ser educado com todos os convidados.

Encerrada a conversa, mentalizou as dicas recolhidas em blogs e sites, após uma rápida busca na internet. Sua lista íntima trazia outros tópicos. Ir ao banheiro antes de se deitar, beber pouco líquido à noite, pensar em coisas secas, como o deserto.

Desligou o computador, pôs na mochila uma muda de roupa para o dia seguinte e os apetrechos de futebol — calção, meião e chuteira. Quem sabe uma pelada pela manhã?

Raimundo combinou de encontrar Arnaldo na pracinha da Rua São Clemente, logo na entrada do morro. Maicon também foi receber o amigo.

— Juízo, hein? — Raimundo se despediu do filho. Antes de entrar no carro, ao perceber que Rafael lhe voltara o olhar, fez com os dedos mindinho e polegar o símbolo de um telefone junto à orelha.

*

Rafael subiu a ladeira principal excitado pela paisagem quase barroca do Santa Marta. Biroscas, barracas de comida japonesa e biscoito, uma pet shop vendendo cartões-postais, Kombis de cachorro-quente, o televisor de tubo, ligado e apoiado sobre uma cadeira em plena calçada, um carro abandonado, a murada colorida de grafite e formas geométricas.

Maicon beliscou o amigo, discretamente, quando passaram em frente à quadra da escola de samba. Logo adiante, estava o açougue, onde Arnaldo comprou dois quilos de linguiça, um de asa de frango e três peças de alcatra. Os garotos ajudaram a carregar os sacos plásticos.

— E a maionese? — perguntou Taís, a mãe de Maicon, assim que entraram na casa de porta de ferro e paredes sem pintura. — Churrasco tem que ter pão de alho.

Arnaldo deixou as sacolas na cozinha e saiu rumo ao mercadinho.

— Vocês querem ajudar a pôr a bebida no gelo? — ela perguntou. — No churrasco é melhor não mexer porque o Arnaldo não gosta.

Maicon mostrou a Rafael como proteger as mãos com a sacola do açougue antes de pegar o gelo.

Ensinou a cobrir as cervejas e os refrigerantes com folhas de jornal, para que a temperatura se mantenha baixa dentro do isopor. Depois foram jogar videogame.

*

O CHURRASCO DECORREU tranquilo. De banho tomado, os meninos brincaram de pique-pega pelas vielas vizinhas à casa. De polícia e ladrão. De apostar corrida no terreno baldio defronte à casa, tomado pelo mato e pelo lixo. Arnaldo comandou as brasas com talento de veterano, enquanto Taís cuidava do som. Fez tocar Alexandre Pires, Fábio Júnior, Arlindo Cruz, Claudinho e Buchecha. Maicon e Rafael reclamavam, pedindo hip hop, a cada parada para matar a sede. Às vezes, um conhecido passava pela calçada e ganhava uma lasca de alcatra. As primeiras gotas de chuva, logo transformadas num temporal, abreviaram a comemoração.

Restaria tempo para a saideira, já dentro de casa, com Benito de Paula girando no CD. E, claro, para os parabéns, a festa esvaziada, duas velas com o número um dispostas paralelamente sobre o bolo de chocolate.

— Agora é cama — anunciou Taís, após guardar as sobras do bolo na geladeira. As bebidas remanescentes ficaram no isopor.

Os garotos tinham a esperança de desempatar a disputa no X-Box, mas obedeceram ao comando materno. Rafael ligou para os pais, mais uma vez. Exaustos pelo dia cheio, não demoraram a pegar no sono. Uma cama só, forrada pelo lençol impecavelmente branco, para os dois.

*

ELE HAVIA PROMETIDO aos santos cumprir o ritual da reza, as Ave-Marias, os Pai-Nossos, mas o cansaço o derrubou. Dormiu pesado, por pelo menos oito horas.

Despertou ao sentir o fio quente de claridade sobre as pálpebras. Vinha de uma falha na persiana. Sobressaltado, percebeu que já era manhã de domingo.

Fechou os olhos novamente e, na respiração longa, sentiu um cheiro úmido invadir as narinas, a memória da chuva da véspera retida na terra molhada. Foi tomado por uma estranha confiança. Então desdobrou os braços para o centro da cama. Evitando movimentos bruscos, para não acordar Maicon, passou a palma da mão sobre o lençol. Primeiro, na banda direita ao ventre. Depois, na esquerda. Enfim na parte inferior, entre os joelhos.

Durante o café, Taís comentou sobre os tiros na madrugada em algum canto do morro. Arnaldo não chegara a escutar. Nem Rafael, que, ao mastigar o pão francês com manteiga, mantinha os dedos atados à barra da toalha de mesa, revolvendo na pele a aridez do lençol.

Militante

Seu Botelho disse que amanhã paga. Só que amanhã a eleição já acabou. Não se preocupa, minha filha, aqui a gente é correto, você não leu o que está escrito na bandeira? Honestidade em primeiro lugar.

Eu não quis falar nada sobre a minha preocupação. Vai que nosso candidato não entra? Já tomei cano assim. Você passa a semana na rua, debaixo de um sol de fritar os miolos, e depois não recebe o combinado. Ah, me desculpa, mas a situação complicou, a grana que ia pintar não pintou, eleição é fogo. Você sabe como é.

Sei. Por isso é que estou aflita.

Amanhã sem falta. Pode contar, ele insistiu. Seu Botelho, meu cartão vai vencer, tenho aluguel pra pagar, os lanches da menina, parcelamento da geladeira, conta de luz. Pode confiar. Lê aí na bandeira que está na sua mão. É nosso compromisso.

Acredito no seu Botelho porque ele nunca faltou comigo. Antes, eu trabalhava para outro chefe, o doutor Almeida. No fundo, tudo parecido. Chegar às oito, de café tomado, andar até o ponto indicado na mensagem do WhatsApp e passar o dia agitando a bandeira em frente aos carros que param no sinal. Às vezes, um motorista toca a buzina, acena com a mão, fazendo o sinal de joia. Tem outros que xingam, cada palavra feia que nem consigo repetir. Intervalo de vinte minutos pro almoço, eles mandam uma quentinha caprichada, depois é bandeira pra lá e pra cá até escurecer.

Cansativo, viu? Mas não tem nada. Pior é quando não rola eleição.

Ou quando não pagam direitinho a gente. Na última, dois anos atrás, o doutor Almeida pediu que a equipe fizesse hora extra. Nosso candidato tá crescendo, a chance de ganhar é real e, se ele ganhar, geral aqui vai se dar bem. Emprego garantido, vocês têm que pensar no futuro, nas suas famílias.

A gente trabalhou por quase quinze horas seguidas, à base de sanduíche e refresco de laranja. Sem muxoxo ou cara feia. Mas deu ruim. Um fulano lá acabou vencendo e nosso dinheiro nunca chegou. Não tem papel, assinatura, contrato, é tudo de boca. Vou cobrar de quem?

Não gosto de comentar esses assuntos com o seu Botelho porque fico com medo de ele me mandar embora. Preciso resolver o problema do cartão, se passar do vencimento complica demais a vida, por causa dos juros. As duas contas de luz estão atrasadas. Na terceira, fico sem eletricidade. Falta pouco para a Giovana terminar os estudos, mas livro custa dinheiro. E o Uéslei está desempregado desde março. Até faz uns bicos de pintor, mas não seguram o mês. Tenho rezado todo dia para que ele consiga uma colocação, com carteira assinada, vale-refeição e ajuda pro ônibus. Confio muito em Deus.

A oração é o caminho, sabe? Uma ligação só nossa com Ele. A gente fala, pode ser até em silêncio, só pensando nas palavras, e lá de cima Ele ouve. Prefiro desse jeito, sem ficar me mostrando pros outros.

O seu Botelho repete sempre que o nosso candidato é um homem de Deus, que até na bandeira está escrito Deus acima de todos. A verdade é que não costumo olhar para a bandeira, muito menos ler o que está escrito nela. Já agitei bandeira vermelha, amarela, azul, a de hoje é verde. Não tô nem aí. Essas palavras bonitas, de dicionário, são só palavras bonitas. Honestidade, justiça, honradez. Na bandeira do Brasil tem a frase ordem e progresso. Cadê? Palavra não paga fatura.

Anteontem o seu Botelho ficou nervoso, ralhou feio com a Marcinha. Ela estava exausta e sentou por alguns minutos, debaixo da árvore. Bandeira enrolada é voto jogado fora, disse o seu Botelho. Quer descansar, vai pra casa e deita na cama, que é mais confortável, tem travesseiro. A Marcinha tinha virado a noite fazendo um extra de babá.

Tomei um susto com o grito do seu Botelho. Às vezes, quando fico muito tempo com a bandeira na mão, me esqueço do movimento, da rua, dos carros, das buzinas, do sol. O braço se agita quase que sem controle. Imagino um samba do Raça Negra, aquela música do Fábio Júnior, a metade da laranja, dois amantes, dois irmãos, e de repente me pego dançando.

A Marcinha diz que sou doida, diversão é diversão, trabalho é trabalho. O seu Botelho não liga, desde que a tarefa dos militantes — ele chama a gente assim, militantes — seja feita como combinada.

Você vai votar no nosso candidato, né? Eu respondi que sim, claro que vou.

Se ele ganhar, vai ficar bom pra todo mundo, repetiu o seu Botelho.

Já votei no vermelho, no amarelo, no azul. Ia ficar bom pra todo mundo, sempre ia.

Vota no nosso candidato que seu marido vai conseguir um emprego bom, vamos acabar com a corrupção, com a violência, melhorar a saúde, é nosso futuro que está em jogo. O futuro da sua filha. Decorei a fala do seu Botelho porque dois anos atrás foi igualzinho. Acho que ele aprendeu com o doutor Almeida.

Por via das dúvidas, é melhor mesmo que nosso candidato ganhe. Recebendo o pagamento, tô mais que satisfeita. Resolvo as pendências, reforço a despensa e ainda faço uma graça com o Uéslei. Melhor não arriscar, não. Eleição é fogo. Mas na próxima, graças a Deus, a Giovana já vai ser maior de idade. Pra segurar bandeira também e dar uma moral nas despesas da casa.

Ocorrência

Quando enfiei a chave e tentei girar, a fechadura veio junto e caiu no chão.

Estranhei, mas era uma fechadura antiga, talvez fosse efeito da ferrugem ou o desgaste natural do tempo. Empurrei a porta.

Os móveis mantinham a posição cansada dos últimos três anos: ao centro, uma pequena mesa cor de tabaco; colado à parede, o sofá de dois lugares com a manta colorida por cima. Ao lado, a cadeira estofada. O tapete felpudo dava um toque de aconchego.

Assim que entrei, a gata preta correu até mim, miados altos, esbaforidos, e se esfregou na barra da calça jeans. Abaixei-me, acarinhei sua cabeça.

— Oi, Preta, cadê sua irmã?

Ela apenas miava.

Senti falta da Branca e também do Nino, o cachorro, que invariavelmente fazia uma algazarra de latidos ante a mera chegada de alguém. Não a ponto de me intrigar.

Mais quatro ou cinco passos, vi o corredor. Ao fundo, a luz acesa do quarto, o nosso quarto, ampliava o vazio sobre a pequena estante. A TV não estava lá.

Comprara, na quinta-feira, uma dessas modernas de tela plana, smart, full HD, cheia de siglas que mal sei para que servem. Entregaram no sábado. Apenas três dias fora da caixa, doze parcelas a quitar.

— Você derrubou a merda da TV nova?

A gata me olhava e miava. Me olhava e miava.

Notei, ao entrar no corredor, as luzes do quarto do meio igualmente acesas. O ventilador do teto girava na velocidade máxima, provocando um chiado constante.

— Ana? Você já chegou?

A voz, dividida entre a curiosidade e um temor incipiente, insistia na pergunta dispensável. Falara com Ana havia quinze minutos.

— Tô saindo do trabalho ainda — ela dissera.
— Quando chegar, pede alguma coisa para a gente comer que hoje não cozinho nem sob tortura.

Ana adorava cozinhar.

*

— ANA? — insisti, aproximando-me lentamente da entrada do quarto.

As portas dos armários estavam abertas; as roupas, no chão. Não restava dúvida: alguém entrara no apartamento.

Ainda sob o efeito do susto, peguei a Preta, coloquei no colo e me apressei em sair. Corri até a cabine da segurança, que ficava no início da rua, sem pensar em nada além da urgência de avisar Ana de que não fosse até o apartamento, de jeito nenhum.

— Entrou ladrão lá em casa — disse, ofegante, ao segurança.

— Alguém mais na residência? — ele perguntou.

— Uma gata. E o cachorro. Os caras podem estar lá ainda.

— Estou falando de gente. Seu marido?

— Não. Mas a Ana vai chegar daqui a pouco.

— Mora no local também? Ou é uma visita? Porque se for visita...

— Mora comigo — interrompi, sem dizer que Ana é minha mulher, que somos casadas, e não sei por que não disse, talvez pela aflição da hora, talvez para evitar que aquela conversa se desdobrasse. — Ligo para a polícia? Ou você prefere ligar daí?

— Estou aqui para isso — e o segurança insistiu em subir a rua, com a arma que trazia à cintura e teve o cuidado de me mostrar, levantando um pouco a barra da camisa. — Você pode me esperar na cabine. É mais seguro. Vai ligando pro 190.

Enquanto ele seguia para o apartamento, esgueirando-se pelos cantos da calçada como um tira de filme, coloquei a Preta dentro da cabine e telefonei para Ana.

— Entraram lá em casa. Quando chegar, me encontra na cabine da segurança.

— Como assim? Quem entrou?

— Fomos roubadas, Ana. Não se apavora, está tudo bem. Me encontra aqui na cabine que estou esperando a polícia.

*

O SEGURANÇA VOLTARA e nada de a polícia chegar.

— Não tem ninguém lá, mas fizeram uma zona nos quartos.

— A gata? O cachorro?

— Não vi.

— Você fechou a porta? Se os bichos ainda estão por lá, podem acabar fugindo, com medo. Você acha que eu subo ou é melhor esperar a polícia? Você acha seguro?

A profusão de "vocês" espelhava minha impotência.

— Espera aqui que isso é trabalho para profissional.

*

Ana vivia com o Nino havia doze anos. Trouxera-o quando fomos morar juntas. A Branca foi um presente meu. Já a Preta eu própria recolhi na rua, na noite chuvosa em que a mãe a abandonou. Na imaginária divisão dos bichos, a Branca e o Nino eram um pouco mais de Ana, e a Preta, um pouco mais minha. Não em termos de fração, de matemática, mas algo que, mesmo nos momentos de silêncio entre as duas, ou sobretudo nesses momentos, nós sabíamos.

Gostávamos de ler juntas, estiradas na cama, cada uma com seu livro, o cachorro aninhado entre as duas, e as gatas aos nossos pés, uma espécie muito própria de família.

*

Ana não percebeu que a fechadura caíra, bastava empurrar a porta. Tocou a campainha.

Os policiais já estavam comigo dentro do apartamento, fazendo perguntas, anotações.

Abri a porta, abracei Ana.

— Levaram a TV nova e mais umas três ou quatro coisas. Acho que estavam com pressa.

— E o Nino? As gatas?

— A Preta está bem, prendi no banheiro enquanto a polícia mexe na casa. Mas escuta, e tenta ficar calma, a Branca e o Nino sumiram.

Antes que ela pudesse fazer qualquer movimento, agarrei-a com força, constrangendo uma reação mais brusca. Não pude conter seu choro, que arrebentou a placidez dos últimos meses, enquanto eu falava fica firme, vamos achar os dois, já chamei minha irmã e o Fred, que está trazendo o Gustavo, para a gente procurar pela rua. Aqui já olhei em tudo.

Havia realmente olhado. Verifiquei cada pedaço da casa, mesmo lugares improváveis. O forno, a máquina de lavar. Vai que os caras resolveram matar os bichos para evitar barulho.

Nada.

Ana saiu do apartamento e foi bater nas casas vizinhas. Minutos mais tarde, minha irmã, o Fred e o Gustavo juntaram-se a ela.

*

Como a polícia demorava para terminar seu trabalho, imaginei que valia dar uma averiguada no prédio.

Fui até a garagem, que ficava no subsolo, e subi as escadas, andar por andar.

De volta, inspecionei as janelas, receando que os ladrões tivessem matado o Nino e a Branca e atirado os corpos para fora, embora não houvesse sangue no apartamento. Mas por que se livrariam dos corpos? Não fazia sentido.

Na derradeira volta pela casa, vi pela fresta entre a parede e as presilhas da porta do quarto do meio uma nesga de pelo branco. Puxei a porta e a gata correu, apavorada. Escondeu-se entre as caixas da mudança que começavam a tomar a sala.

Eu e Ana íamos morar em casas diferentes.

— Achei a Branca.

— Graças a Deus! Como ela está? E o Nino?

— Tá bem. Nada do Nino até agora. Ninguém viu lá fora?

— Não. Sua irmã deu a ideia de a gente fazer cartazes e colar nos postes do bairro. Ele nunca gostou de rua. E está tão velhinho.

— Vamos fazer, claro. Já chamei o chaveiro para consertar a porta. Qualquer coisa, telefona.

Desliguei o celular e perguntei a um dos policiais se ainda iriam demorar, se já haviam terminado de tirar as impressões digitais, colher as provas.

— A senhora anda vendo muito *CSI*, *Law & Order*... A polícia não tem estrutura para isso, não.

— Mas será que a gente vai conseguir achar os caras?

— Sinceramente? Difícil.

Então pediu que eu os acompanhasse até a delegacia.

— A ocorrência. Temos que registrar a ocorrência. Se não, é como se não tivesse acontecido.

*

19ª Delegacia de Polícia

Registro de ocorrência Nº 009 — 06163/2018

Ocorrência: Furto.

Data e hora do fato: 04/10/2018, 20h

Bens envolvidos:

- TV Smart Full HD da marca Samsung, 40 polegadas. Tipo do bem: eletrodoméstico. Valor aproximado: R$ 2.500,00
- Micro system da marca Sony. Tipo do bem: eletroeletrônico. Valor aproximado: R$ 300,00
- DVD Portátil, marca não informada. Tipo do bem: eletroeletrônico. Valor do bem: R$ 150,00
- Capa de laptop, marca não informada. Valor aproximado: R$ 150,00
- Carregador de laptop, marca Apple. Tipo do bem: eletroeletrônico. Valor não informado.

Dinâmica do fato: Informo que, aos quatro dias do mês de outubro de 2018, foi comunicada notícia-crime de furto com rompimento de obstáculo, ocorrido entre 8h30 e 19h50 na residência da declarante.

*

Apesar da fechadura nova, naquela noite Ana teve medo de dormir no apartamento. Pediu que eu checasse se estava tudo fechado, a porta principal, a entrada de serviço, as janelas.

Percorri novamente toda a casa. O quarto do meio, com gavetas abertas e roupas ao chão; a sala, móveis e caixas no mesmo lugar. Os pontos vagos gritavam a falta dos objetos levados algumas horas antes. Havia pegadas dos tantos sapatos que circularam por ali, em diferentes direções, o que me fez ver, por contraste, a fuligem que cobria o piso, a poeira do fim que se espalhara, silenciosamente, grão a grão.

Quando voltei ao quarto, Ana dormia, um livro desabado sobre o peito.

Deitei-me ao seu lado, as duas gatas aos pés, e decidi que, caso Branca não tivesse aparecido, a Preta passaria a ser um pouco mais dela.

Nos quadros ainda pendurados na parede do quarto, as fotografias falavam do passado — e do futuro. Sobre o presente, nada.

Bê, Bonita, Binha, os apelidos que Ana me deu. O jeito de entrelaçar as mãos na sessão de cinema, unha roçando na unha em movimentos quase automáticos. O som abafado do instante em que a língua percorria o meio de suas pernas e os joelhos se fechavam, tocando as minhas orelhas. Esse idioma tão peculiar, só nosso, indecifrável para o resto do mundo, logo estaria extinto.

Demorei a pegar no sono.

Nos dias seguintes, demos um jeito na casa, comprei outra TV, apressamos a mudança.

*

ÀS VEZES, falo com Ana. Se está tudo tranquilo, se a Branca ficou menos arredia, como vai o trabalho. Depois nos despedimos, educadamente, querendo bem uma à outra. De longe.

O tempo jogou a ocorrência no fundo de uma pasta qualquer, no arquivo morto que alargou aquele dia para sempre.

Semana passada, a bordo de um táxi na Rua Conde de Bonfim, vi de relance um yorkshire. Os pelos aloirados indicavam certa idade. Pata traseira esquerda erguida, ele fazia xixi no poste. Parecia o Nino.

Pedi que o motorista parasse por um minuto, para olhar melhor.

— Senhora, o sinal abriu. Precisamos ir.

— Foi mal. Vamos em frente.

O motorista acelerou e me virei para trás, a imagem de Nino escurecida pelo vidro com insulfilm, da possibilidade de Nino, cada vez menor, e menor, até desaparecer completamente ao fundo da Praça Saens Peña.

Fada do Dente

MIGUEL SENTIU A fisgada na gengiva ao morder o pedaço de bife. Num movimento abrupto, levou a mão direita ao rosto, cobriu a boca, e em seguida a afastou, cuspindo o naco de contrafilé no canto do prato. O que foi?, a mãe perguntou, aflita. O menino esboçou uma pinça com os dedos indicador e polegar, e tocou o dente incisivo, que bamboleava levemente, como se fincado sobre uma peça de carne crua.

— O que foi, Miguel? — a mãe insistiu, agora já de pé.

— É o meu dente. Tá mole, parece que vai soltar.

A mãe se aproximou, pediu que abrisse a boca e encostou o dedo no dente do garoto.

— É normal, filho. Lembra que eu falei que esses dentes pequenininhos vão embora? Isso quer dizer que você está crescendo. Vão chegar os dentes de adulto.

— Mas eu não quero dente de adulto, mamãe. Eu quero os meus dentes.

— Não tem jeito, é assim com todas as crianças. Tem uma hora em que a gente troca os dentes.

— Todos?

— Todos. Mas um de cada vez.

O pai assistia à conversa em silêncio, mastigando o bife e o espaguete com molho de tomate que a mulher preparara.

— Você não vai comer mais?

— Não.

— Cuidado quando for escovar, tá?

Miguel pediu licença para deixar a mesa e partiu rumo ao banheiro. Queria entender logo como iria funcionar isso de escovar dente mole.

*

NAQUELA NOITE, a mãe optou por uma história oral em vez do livro que costumeiramente lia para que Miguel pegasse no sono. A história da Fada do Dente. A mãe explicou ao garoto que, quando o dente de leite cai, a criança deve colocá-lo sob o travesseiro antes de dormir. Que, ao longo da madrugada, a tal fada entraria no quarto, pegaria o dente e, em troca, deixaria uma moeda dourada.

*

O DENTE INCISIVO foi o primeiro a cair, poucas semanas depois daquele jantar. Miguel comia o sanduíche que a mãe pusera na merendeira e percebeu quando a gengiva tocou o pão de fôrma sem intermediários. Apreensivo com a possibilidade de o dente se perder, esfarelou as duas fatias de pão até tê-lo nas mãos, em segurança. O guardanapo serviria de embrulho.

Ainda faltavam alguns minutos para o fim do recreio e Miguel se encaminhou para o banheiro da escola. Por sorte, estava vazio. A boca não sangrava, ele checou no espelho, que refletia o intervalo na arcada. A pequenina janela na reta compacta de dentes superiores. Miguel se achou feio, a mudança na imagem que mantinha de si mesmo era uma experiência inédita de ruína. O Miguel de antes se fora, embora ainda estivesse ali, no desenho dos cabelos castanhos e cacheados, do nariz abatatado, das sobrancelhas grossas que quase se fechavam numa só.

De volta à sala, tentou falar o mínimo possível. Temia ser alvo de gozação. Mas Nuno, que sentava na carteira a seu lado, notou algo diferente no rosto do amigo. E, apesar das três frestas que trazia igualmente na boca, não perdoou:

— O Miguel era só branquelo. Agora ficou banguela!

Ele queria socar a cara do amigo. De preferência, arrancar mais um ou dois dentes. Nada fez. Ouviu as risadas da turma sem esboçar reação, até que a professora o chamasse e dissesse pode ir para casa, Miguel, hoje você está liberado mais cedo, vou pedir para a supervisora chamar sua mãe.

*

— O QUE HOUVE, Miguel? Você brigou?
— Caiu.
— Caiu o quê?
— O dente.

A mãe, que chegara aturdida ao colégio, abriu um sorriso e abraçou o menino.

— Guardou o dente?
— Guardei. Está na merendeira.

— A professora disse que seus colegas ficaram rindo. Eles são bobos.

— Não quero falar sobre isso, mamãe.

*

A CAMINHO de casa, os dois pararam na padaria para tomar sorvete. Alimento gelado faz bem para a cicatrização, disse a mãe. Então compra um de chocolate e um de morango, propôs o garoto, mais interessado em sabores do que em questões medicinais.

O jantar, sob protestos do pai, foi sopa de legumes. A mãe zelava pela gengiva inflamada de Miguel, que poderia piorar com a mastigação.

— Tem pão, pelo menos? — o pai perguntou, ainda irritadiço, entre caralhos e puta que pariu ditos em sussurro.

Miguel tomou a sopa, viu desenhos na TV e, por volta das dez, seguiu a ordem de retirada.

— Não esquece da...

— Da Fada dos Dentes, já sei, mamãe.

Luz devidamente apagada, ele desembrulhou o dente e pôs debaixo do travesseiro. O sono demoraria a vir. Miguel fechava os olhos, mas mantinha os ouvidos acesos, atentos ao mínimo ruído. Como a fada haveria de entrar no quarto? Pela janela? Pela porta? Atravessando as paredes sob o condão de seus poderes mágicos?

Vez por outra, embrenhava a mão sob o travesseiro para confirmar que, sim, o dente ainda estava ali.

— Miguel... Miguel...

O menino acordou com a voz da mãe, que vibrava em meio à letargia do corpo colado à cama.

— Hora de levantar.

A mãe deixou o quarto e se postou próximo à porta, observando de esguelha. Queria que Miguel experimentasse sozinho aquele minúsculo encanto, o dente transformado em moeda, a conexão com algo capaz de violar o rame-rame opaco de casa escola bife com espaguete.

*

— Mamãe, por que meu nome é Miguel Antonio Pereira Neto?

— Porque o do seu pai é Miguel Antonio Pereira Filho.

— E por que o nome dele é Miguel Antonio Pereira Filho?

— Porque seu avô se chamava Miguel Antonio Pereira.

— E por que não tem Rodrigues no meu nome, como tem no seu?

— Ah, Miguel, esquece isso. Seu nome é seu nome e pronto.

*

Miguel guardava as moedas num cofre com formato de porco. Os camelôs da Estrada do Portela apareceram com esses cofres na temporada de fim de ano e, desde então, eles viraram moda no bairro. Já havia um bom número de moedas, o que se expressava na boca do garoto, os espaços cada vez maiores entre os dentes remanescentes. Miguel se acostumara. O espelho não era mais motivo de espanto.

À frente da arcada, contudo, um dente de leite resistia. Metade dele, ou menos. A outra metade se fora numa tarde de domingo. Sentado à mesa da sala, Miguel brincava de grudar adesivos no caderno. Com a ponta dos dedos dos pés, pegava impulso na base da mesa, de modo a inclinar a cadeira até alcançar os adesivos, pousados sobre a estante traseira. Depois relaxava os dedos, voltando à posição anterior, para então fazer a colagem. Você precisa parar com essa mania de se balançar na cadeira, um dia vai cair, o pai repreendia. Um dia Miguel caiu.

Ao sentir que a cadeira tombaria às suas costas, jogou o corpo para a frente. Os pés dianteiros da cadeira quicaram no chão e o menino foi projetado no ar. O rosto bateu no tampo da mesa, que serviu de freio, rasgando o queixo num corte profundo. O dente de leite incisivo, aquele que permanecia após a primeira troca com a fada, tornara-se um pequeno caco branco em diagonal.

*

— O DENTISTA foi bem direto.

— Mas é uma criança ainda. Será que não tem outro jeito?

— O rapaz que trabalha com o doutor Joaquim disse que não. A pancada atingiu a raiz e o dente não vai cair naturalmente — explicou o marido. — É realmente caso de extração.

*

MIGUEL ADORAVA PASSAR sob o viaduto Negrão de Lima. Reencontrar as barraquinhas de churros, o pipoqueiro, o vendedor de pipa. Uma vez ao ano, os bombeiros ocupavam a praça para fazer uma demonstração de suas atividades, especialmente voltada às crianças. As mais corajosas topavam subir na escada Magirus e saltar, lá do alto, caindo sobre a rede de proteção. Simulação de salvamento, treinamento para a hipótese de um incêndio. Miguel nunca se arriscou nesse voo sem asas. Tinha medo. Mas lhe aprazia ver os garotos vizinhos despencando, soltos no ar, e pensar que haveria sempre uma teia a interromper a queda.

A imagem dos corpos a deslizar no céu, em contraste com o sol de Madureira, vinha-lhe à lembrança enquanto cruzava, com o pai e a mãe, a praça cercada de árvores rumo à Rua Francisco Batista. O dentista os aguardava em seu consultório, localizado num prédio em meio ao corredor de lojas.

Miguel não sabia exatamente o que iria fazer lá. A mãe informara apenas que o doutor Joaquim cuidaria do dente quebrado.

*

— Mamãe, a gente vai na doutora Nádia?
— Não, agora é outro dentista, o doutor Joaquim.
— Mas por que mudou? Eu gosto da doutora Nádia.
— Porque ela só atende criancinhas. E você é o que agora?
— Sou criança grande.

*

Logo após saltar do elevador do edifício, procuraram a sala 309. Ficava ao fundo do corredor. A recepção era enfeitada por pôsteres do Mickey, do Pato Donald, da Mônica, do Cascão.
— Boa tarde, somos os pais do Miguel. Ele tem uma consulta agora às duas e meia — disse a mãe.
— O procedimento de extração, correto?
— Isso.
— O pagamento é adiantado. Pode ser em dinheiro ou no cartão, em três vezes.
— Vamos de cartão — respondeu o pai.
Senha digitada, recibo entregue, sentaram-se para aguardar a chamada do doutor Joaquim. Não demorou nem dez minutos.
— Então você é o Miguel? Muito prazer.

— Fala com o doutor, Miguel.

— Oi, doutor.

— Miguel, aposto que você é um menino muito corajoso. E nem precisa ter medo mesmo. Não vai doer. Preciso tirar o seu dentinho quebrado para que o novo dente possa nascer no lugar. Ele está aí, em cima do dente menor, mas não consegue aparecer porque o outro fica no caminho e não cai. Você quer ver?

— Eu vou ver como?

— Tenho uma foto aqui — disse o doutor.

De dentro de um pequeno invólucro de plástico, ele tirou a radiografia e entregou a Miguel.

— Mamãe! — o grito agudo ecoou na sala. — Eu não quero esse dente grande na minha boca. Olha só, olha só. Eu não quero — e Miguel agarrou-se às pernas da mãe.

A radiografia mostrava o dente ocluso, maior que o de leite, e também sua raiz.

— Miguel, meu filho, na boca só vai aparecer a parte de baixo. A raiz fica escondida dentro da gengiva — a mãe tentava acalmá-lo.

Doutor Joaquim sacou fotografias de arcadas perfeitas, branquíssimas, e prometeu que a de Miguel ficaria igual. Um adolescente bonito. Seja homem, o pai repetia. Seja homem, Miguel.

Não houve jeito, nem anestesia. O garoto se recusara a tomar a injeção. Temendo a quebra da agulha enquanto o garoto se debatia, e com a concordância do pai, doutor Joaquim decidira extrair o dente na marra. O pai e o assistente do consultório seguraram Miguel, enquanto o doutor encaixava a pinça no cotoco de dente e puxava, com força. A mãe não pôde ver o sangue escorrendo pelo queixo do menino. Do lado de fora da sala, apenas ouvia seus berros.

— Filho da puta.

— O que é isso, Miguel? Quem te ensinou a falar palavrão?

— Vai tomar no cu, filho da puta — e Miguel enfileirou um dicionário de ofensas para o doutor. Babaca, escroto, fodido. O beliscão do pai o calou.

*

NA PRAÇA SOB o viaduto, no caminho de volta para casa, a mãe perguntou se Miguel queria um sorvete. Mencionou novamente os poderes anestésicos do gelado. Pode ser de chocolate, ou de morango, ou napolitano. O que você preferir.

— Chocolate.

— Esse menino me fez passar vergonha hoje — comentou o pai. — Não devia ganhar sorvete.

Nada mais se falou. Percorreram mecanicamente os três quarteirões até a casa, os passos vencendo os metros sem que os olhos pousassem sobre o que quer que fosse, os jornais pendurados nas bancas, os vendedores de bilhetes lotéricos, os passageiros na fila do ônibus, os guardadores de carro, os velhos jogando sueca. A Fada do Dente. Todos pareciam alheios ao toque doído do gelo na gengiva em carne viva.

Comida a quilo

NA CADEIRA VAZIA da mesa dois, três sacos plásticos de supermercado repletos de compras, quinta é dia de massa, diz o cartaz, tem nhoque lasanha espaguete penne caneloni fettuccine mas também buffet de saladas feijão arroz farofa frango grelhado carne moída bife sushi, o cardápio predileto de dona Isaura, sempre com os sacos plásticos de supermercado, vestido florido, um lenço prendendo os cabelos brancos, o rádio de pilha colado ao ouvido esquerdo, com a mão direita leva as garfadas até a boca, depois de cada garfada um círculo em caneta no caça-palavras da revista de palavras cruzadas, lá vem dona Isaura, anuncia o gerente Zé Carlos, separa a mesa dela, aquela colada à parede, no canto, a velha se veste assim que nem mendiga mas é cheia da grana, diz Laurinha, que trabalha no balcão, me contaram que ela mora num hotel aqui no centro da cidade, cheia de mordomia, aí fica tirando de fodida com esses trapos fedorentos, não é possível, quem tem dinheiro não anda assim, a voz macilenta de Júnior é só ponderação, pelo menos um rádio melhor ela ia comprar, você não acredita porque ela faz de propósito, quer que ninguém saiba pra não roubarem o dinheiro, já pensou?, tão mole ganhar uma velha assim, dá um esbarrão nos sacos do mercado, ela cai no chão, vamos parando com o papo furado que a casa tá cheia, olha a fila pra pagar, e tem que repor o nhoque, não dá pra ficar travessa vazia, Zé Carlos implacável no rigor, olha lá, ela agora tá dançando, era só o que me faltava, olha a cabeça mexendo, a gente tinha que pedir pra baixar a música, quando é notícia vá lá, mas música incomoda os clientes, quanta implicância, Laurinha, não sei por que você odeia tanto a dona Isaura, que não faz mal pra ninguém, fica ali, na dela, escutando seu radinho e rabiscando o caderno, não é caderno, é palavra cruzada, eu sei, Laurinha, porra, falei caderno mas você entendeu, o que mais me irrita é que ela fica ali uma, duas horas, ocupando lugar, não dá pra comer e vazar?, chega vocês dois, a senhora vai acabar ouvindo, a gente tem que respeitar os fregueses, tira um café expresso pra mesa três, uma Coca Zero pra mesa cinco, com gelo e limão, tem que repor o feijão, tá no fim, dona Isaura murmura alguma coisa, a boca cheia de macarrão, o molho de tomate respinga nas palavras cruzadas, que nojo, velha nojenta, Laurinha franze a testa e as bochechas numa expressão de náusea, leva um guardanapo pra ela, leva você, Júnior, esta semana no Guanabara açúcar refinado União um real e cinquenta, só um e cinquenta, óleo de soja Lisa dois reais e trinta e nove centavos, papel higiênico folha dupla Mirafiori doze unidades por vinte e seis reais e vinte centavos, só esta semana no Guanabara, dona Isaura ouve o locutor e anota os preços no canto da revista, amanhã sextou, Laurinha se anima, dia de comida árabe, homus arroz de lentilha kibe esfiha tabule kafta, mas também tem buffet de saladas feijão arroz farofa frango grelhado carne moída bife sushi, sashimi paga à parte, a velha vai encher o prato de kibe e esfiha, sempre a mesma merda, com a grana que tem podia comer em restaurante chique, só filé mignon, mas vem aqui encher nosso saco, deixa a dona Isaura, Laurinha, daqui a pouco ela vai embora, vai mas volta, é segunda terça quarta quinta sexta, se abrisse sábado ia bater ponto aqui, pago pra saber onde ela come no fim de semana, duvido que vá no restaurante do hotel, você nem sabe se ela mora mesmo em hotel, esse povo fala demais, tem a língua comprida, aposto que mora, aposto, pra comer na rua todo dia tem que ter alguma condição, e esse negócio de fazer compra todo dia também custa dinheiro, se a gente não pudesse almoçar por aqui eu ia trazer marmita, muito mais barato fazer a comida em casa, se eu fosse ela ia contratar uma empregada pra cozinhar pra mim, e lavar a louça, não ia querer comer no mesmo lugar todo dia, mas o cardápio aqui varia, Laurinha, tem dia de massa, dia de árabe, comida mineira, nordestina, frutos do mar, eu não sei disso?, mas o tempero é o mesmo, enjoa, eu fico enjoada às vezes, com vontade de ir no vizinho, derrubar uma feijoada, uma água com gás pra mesa doze, cadê a Coca Zero que eu pedi?, já vai, tava cortando o limão, pergunta pra dona Isaura se ela quer o café agora, já acabou de comer, tá bom, tá bom, vou lá, ô Zé Carlos, a velha abriu um pacote de biscoito, não pode fazer isso aqui dentro, que pacote?, um pacote vagabundo que tava no saco de supermercado, ah, deixa essa merda pra lá, pelo menos o rádio tá mais baixo, não vou discutir com uma senhora que ainda por cima é freguesa fiel, tá vendo, Júnior?, a velha faz o que quer e ninguém toma providência, queria ver se outra pessoa qualquer entrasse comendo coisa comprada fora, pode tirar o café, o café dela?, isso, coado, não é o expresso, você tá cansada de saber, claro que não, ela quer o café que é de graça, chega, Laurinha, já virou obsessão, pão-dura, por isso que vem em restaurante a quilo, não precisa dar dez por cento, para, Laurinha, passa o café logo, tem que repor o arroz e a lasanha, dar uma limpada na travessa de sushi, alguém derrubou feijão, eu não aguento esse povo porco que mistura sushi com feijão, mas como você reclama, Laurinha, deixa cada um comer o que quer, esse café não sai?, comanda um suco de laranja pra mesa oito, segura o café, leva lá pra sua protegida, tá achando que ela vai te dar herança?, você cismou com esse negócio do dinheiro, vai ver é uma aposentada com pensão boa, não foi o que me contaram, será que ela passa o dia ouvindo rádio fora daqui também?, sei não, não tenho nada a ver com isso, vida dos outros, ah, Júnior, se não aparece um filho, um neto pra fazer companhia deve ter algum motivo, sei lá, Laurinha, deixa eu levar o café pra ela, avisa que a gente fecha em meia hora, aviso, pode deixar, ela sempre entrega a comanda e paga a conta depois do café.

Oxê

Comandante Sarmento, o coordenador de segurança, havia falado com clareza. Seu trabalho é cuidar da arquibancada, do torcedor, não é ficar vendo o jogo. Claro, doutor. Presta atenção em qualquer movimentação estranha, torcedor muito exaltado, grupinhos. Claro, claro, o senhor pode contar comigo. Hoje não vai ser mole, é eliminatória e um cai fora, o clima está tenso. Pode contar. Apesar das advertências, o primeiro tempo corria sem sobressaltos. Então, o grito.
— Viado!
Dei até breve às recomendações do comandante e torci o pescoço em direção ao gramado, a tempo de flagrar a cena. A bola ao alto, fixada num sem-tempo estático. Suspensa entre os borrões coloridos do estádio inteiramente tomado. Abaixo dela, pernas

compridas se cruzavam, pendidas no ar. Chegar até a bola, tocá-la: o objetivo da jogada. Vislumbrei na interseção das canelas o xis aéreo das duas lâminas que, como gumes no espelho, refletem o próprio avesso. O átimo de um lance da partida redesenhava os machados transversais de Xangô e eu podia identificá-lo. O grito, não notei de onde partiu.

Antes que a jogada se definisse, voltei os olhos para a arquibancada. Seu trabalho não é ficar vendo o jogo, a voz do comandante Sarmento ecoava, intempestiva. Sabe-se lá quem ficou com a bola. Alguns, na primeira fileira, reclamavam falta.

— Filho da puta! Ladrão!

Eu entendi que a mão grande era contra o Brasil. Definido o suposto filho da puta. Mas o outro berro vibrava dentro de mim, em espiral.

*

FOI BETÃO, nosso zagueiro, quem me arrumou esse emprego. Ele sabia da minha experiência no ramo da segurança, quase cinco anos no Alfa Shopping, dois numa empresa de eventos. Me formei em Sociologia, mas o mercado para professor não é mole. Na área de estudo, nunca trabalhei. Em vez de ensinar as teses de Durkheim e Weber, vendi seguros, dei aula de inglês, dirigi táxi pagando diária. O porte físico acabou me levando para a vigilância. É o que tem pra hoje.

Eu e Betão estamos juntos há sete meses. Compromisso mesmo, fechadinho, no modelo. Mas ninguém no time dele sabe, muito menos na Seleção. Deixa comigo que vou falar com o coordenador sobre esse negócio de emprego, ele é parça. E pronto, estou aqui.

No começo, trabalhava em jogos de menor expressão, times pequenos como Olaria, Bonsucesso. Pouco público, mas valeu como experiência. Até porque lá o bicho pega. Já vi de tudo, até cadeira ser atirada no campo. Em cima do lateral. Detive o torcedor, enquanto o menino levava pontos na cabeça. Aos poucos, fui ganhando a confiança do comandante Sarmento. Um clássico de meio de tabela, a semifinal do campeonato estadual. Quando soube que a Copa do Mundo seria no Brasil, quase implorei ao doutor Sarmento que me escalasse. Mas nunca imaginaria que isso aconteceria num jogo da Seleção, numa semifinal.

Propus ao Betão que, se o Brasil ganhar a Copa, nós viajemos juntos. Conhecer outro país, os Estados Unidos, sei lá. Ele disse que vai pensar. Que, se conseguir um contrato fora, me leva como segurança particular. Aí a gente pode morar na mesma casa, sem que ninguém fique fazendo comentário. Tudo bem combinado porque no meio do futebol tem que ser assim. Até topei que de vez em quando rolem umas festinhas, com meninas profissionais. Bom para manter as aparências, ele comentou.

*

UMA DAS PERNAS, no xis que redesenhava os machados do orixá da justiça, era do Betão. Reconheci os contornos da pele negra no contraste com o branco da meia, os sulcos dos músculos da coxa, que tantas vezes senti roçar entre as minhas pernas. Na imagem agora fixada como lembrança, a bola continua flutuando no ar, inalcançável. A jogada terminou em coisa alguma, caso contrário eu vislumbraria, na reação da arquibancada, um indício de tragédia, ou de gol. Nada.

Possivelmente, os dois — Betão e o adversário alemão — estatelaram-se na grama, e a bola foi dominada por um terceiro.

Antes de a Copa começar, ouvi do Betão que o Brasil ganhar era uma questão de justiça. Que não seria justo, depois de 1950, perder outra Copa em casa. Que a taça seria um presente para o povo brasileiro, tão sofrido e merecedor. O tal povo que eu encarava de frente naquele momento. E cujo silêncio crescente e atordoado atestava: a Alemanha vencia. Venceria. Mais: golearia, uma inédita humilhação no principal estádio de Minas Gerais.

Foram, como me informaram logo ao fim do jogo, sete gols. Se a culpa caberia a todos os jogadores, de todas as posições, o que dizer do zagueiro titular, de Betão? Aquele que deveria manter protegida a meta brasileira. Impenetrável.

— Isso é que dá ter beque viado no time.

A frase, agora menos aleatória, veio no princípio do segundo tempo. A Seleção batia cabeça na roda imposta pelos alemães. Eu já não me preocupava tanto com a arquibancada porque a revolta logo cedeu à apatia. O Mineirão era uma parede de flores pálidas.

Ao escutá-la, me virei novamente para o campo, que se fodesse o doutor Sarmento. Encarei com firmeza os que estavam à volta e falavam português: o gandula, a comissão técnica, jogadores. Mas não havia como identificar o autor. Havia o silêncio, a multidão. O aço amolado da lâmina faiscando nos olhos. E a frase tremulava, como um instante que nega a própria natureza e se recusa a morrer.

Cheiro

— Me cheira?

O pedido veio assim, intempestivo.

— Me cheira? — insistiu.

A sala estava abafada, o sol da tarde ainda ardia nas paredes do apartamento. Ele mal acabara de sair do banho. Esfregava a toalha no cabelo úmido, os pés desenhando no piso de tábua corrida uma trilha de pequenas poças d'água.

— Como assim, cheirar você?

— É simples. Encosta o nariz no meu pescoço e aspira. Depois, a roupa.

Havíamos nos separado fazia nove meses. Uma gestação, como a que resultara em Olívia. Sentada no sofá da sala, olhos fixos na TV, ela ignorava a conversa.

— Olha, mamãe, a Peppa está chorando.

— É. Está chorando por quê?

— Porque ela está triste.

A súbita interrupção postergara a resposta. Ele foi até a cozinha, abriu a geladeira.

— Cerveja. Rola pegar uma? — berrou, de lá.

— Pega.

Ouvi o estampido da lata abrindo, o ranger da porta do armário onde ficam os copos. Ele conhecia os caminhos. Tulipa cheia à mão, voltou para a sala.

— E, então, pode me cheirar agora?

Meia hora antes, a mensagem via WhatsApp: "Tem problema de eu subir e me limpar aí? Ela me cagou todo."

Olívia. A fralda, mal colocada, vazara. Ele precisava ir para outro lugar após deixar nossa filha comigo, como era hábito aos domingos. Temia um atraso fatal para o compromisso.

Assenti.

— Ah, posso deixar o carrinho aí? Não vai dar tempo de levar até Laranjeiras e voltar.

Assenti, novamente.

Depois de um período de muitos conflitos, a relação pós-casamento parecia estável. Querelas da pensão resolvidas, guarda devidamente compartilhada. Dois adultos — civilizados, ele gostava de repetir — administrando bem a filha em comum.

— Olha, me desculpe, mas não vou te cheirar, não.

— Por quê?

— Olha, mamãe, a Peppa agora está rindo.

— É?

— Sabe por que ela está rindo, mamãe?

— Por quê?

— Porque está feliz.

— Por que você não pode me cheirar? É um problema?

— Não. Só não é mais minha função.

Ele me fitou com a expressão de quem acaba de flagrar um sutil risco de ciúmes sob a superfície daquele argumento.

— Função... Há funções nos relacionamentos?

— Claro que há.

— Mamãe, quero suco.

— Já vou pegar.

— Eu pego — ele se dirigiu mais uma vez à cozinha.

Voltou com o copo de plástico cheio de suco de laranja.

— Eu só queria saber se o cheiro ficou na roupa, em mim.

— Entendo.

— E ainda assim você não pode fazer isso?

— Não, me desculpa, mas não posso — disse, brincando com os pés de Olívia, o rosto virado para ela, e só para ela.

— Para, mamãe. Sinto cosquinha. Isso é chato.

— Bom, então já vou indo.

— Beleza.

— Não entendi mesmo qual o problema.

— Beleza.

Ele se aproximou na intenção do beijo amistoso, que retribuí.

— Pego ela na terça, certo?

— Isso.

— Até terça.

— Até.

Ele saiu, girei a chave para trancar a porta, voltei a me sentar ao lado de Olívia no sofá.

— Mamãe, a gente pode ver "Masha e o Urso" no seu celular?

— Pode.

Ao pegar o aparelho, vi o sinal de mensagem nova no WhatsApp. Era ele:

"Tô pensando agora. Engraçado. Quando fui te beijar no rosto, você acabou me cheirando, mesmo sem querer." O emoticon de rosto redondo e amarelo, com a língua exposta.

    Tinha razão. Ele cheirava a merda, mas decidi não comentar.

Endless love

O ALMOÇO ESTAVA marcado para duas da tarde. Vidal pegou o táxi às duas e meia. Não era costume. No torvelinho dos dias, preferia andar de ônibus, mais barato e menos arriscado quanto à possibilidade de entabular uma conversa com desconhecidos. Mas a demora gritava na tela do telefone, os algarismos acesos em luz branca sobre a foto do cachorro dando a dimensão do atraso. A cada pio agudo do celular, podia adivinhar as mensagens de cadê você, já começou, vem logo.

A turma da firma.

Para dosar a ansiedade, uma lata de Brahma. Se todos já haviam começado os trabalhos à mesa do restaurante, ele não ficaria para trás. Entrou no táxi — um Cobalt já meio castigado — com a cerveja à mão De ônibus, sabe-se lá a que horas chegaria.

— Boa tarde. Tem problema? — e ergueu o braço direito, mostrando a lata.

— Fica à vontade — respondeu o motorista. — Vamos pra onde, senhor?

— Senhor é Deus, não sou senhor, não. Vou pro Largo da Prainha.

— Onde?

— É aquela praça do bloco Escravos da Mauá, no meio da Sacadura Cabral. Conhece?

— Não, mas conheço a Sacadura Cabral. Fica perto do Angu do Gomes?

— Isso.

— O senhor tem algum caminho de preferência?

— Pode ver no Waze ou no Maps? Vai pelo caminho que o aplicativo mostrar. E não precisa me chamar de senhor, não sou senhor.

— Perfeito. Qual a sua graça?

— Graça?

— Seu nome.

— Márcio Vidal. Mas pode me chamar só de Vidal.

— Onofre. Muito prazer.

*

O MOTORISTA VESTIA calça de pregas e camisa social de mangas compridas. Mesmo com o ar--condicionado do carro no grau mais alto, parecia uma roupa pouco adequada ao calor do Rio no mês de janeiro. O cavanhaque grisalho fazia um contraponto à calvície avançada.

No painel do Cobalt, duas miniaturas de cachorro balançavam seus corpos de plástico à medida que o carro se movia.

— O senhor se importa? — e Onofre apontou para a pequena TV instalada sobre o painel.

— Vai fundo — disse Vidal.

— É que vai passar o Caldeirão do Huck agora.

— Fica à vontade.

*

VIDAL SEMPRE CARREGAVA um jornal nas viagens de ônibus. Enfurnado nas páginas, podia se manter relativamente alheio, ainda que o pensamento estivesse distante das reportagens, dos artigos, das entrevistas, dos anúncios. Com o progressivo abandono da prática de ler jornais impressos, o celular tornara-se matéria de salvação.

A última corrida antes do embarque no Cobalt fazia quase um ano — e fora traumática. Convocado de emergência pelo chefe da Enfermagem, ele recebeu carta branca para embarcar num táxi. A empresa faria o reembolso. Bastava pegar o recibo.

Ao entrar no carro, digitou a senha do celular e começou a navegar por sites de notícias e redes sociais. O motorista, sem cerimônia, aproveitava as breves paradas — sinais vermelhos, pequenos congestionamentos — para também mexer no telefone. Embora incomodado, Vidal evitava a abordagem.

Na Avenida Beira-Mar, dois meninos se aproximaram do carro com uma esponja, a garrafa pet cheia de água com sabão e um pequeno rodo, desses de pia.

— Olha aí, parceiro.

Vidal ergueu a cabeça.

— São as sementinhas do mal — disse o motorista.

Vidal voltou a atenção para o celular e a viagem seguiu. O engarrafamento na entrada da Lapa, quase sob os Arcos, tornara o silêncio ainda mais pesado dentro do carro. O motorista checava as mensagens no WhatsApp, respondia aos interlocutores, mandava áudios.

Na Praça da Cruz Vermelha, já próximo ao hospital, nova interrupção.

— Tem uma corda aí?

— Corda?

— É, pra enlaçar aquele viado ali.

Ele olhou para onde o motorista apontava: um garoto, de calça vermelha, camisa rosa e sandália Crocs, caminhava pela calçada.

— Na minha terra não tem isso, não — disse o taxista. — Lá, viado só o bicho.

— O senhor é de onde?

— Do Piauí.

— Ih, no Piauí o que mais tem é viado — Vidal provocou.

— Que nada, vieram todos pro Rio — respondeu o motorista, já irritado.

— E o senhor? Veio pra cá quando?

A chegada ao local da corrida evitou que o diálogo desse lugar à pancadaria. Desde então, Vidal evitava os táxis.

*

Tampouco gostava de televisão. Desprezava os canais abertos, só vulgaridade, e considerava caros demais os fechados. Mas, à medida que o Cobalt cruzava os bairros rumo à Prainha, passou a observar a tela do painel. O quadro, intitulado "Lata Velha", tratava da reforma de um Opala Comodoro, modelo 1988. O programa custearia os reparos, transformaria o desmilinguido carro em cobiçado objeto retrô usando peças originais e já fora de catálogo, caso o participante fosse aprovado pela plateia numa cena musical. Bigode — assim o candidato era apresentado — deveria cantar em dueto com a mulher, Rita, numa exibição ao vivo.

Onofre acompanhava de esguelha, o olhar dividido entre o volante do Cobalt e a TV.

As cenas mostravam o estado lamentável do Opala, o apartamento onde o casal morava — com a fachada sem pintura —, uma inusitada corrida de Kart, o passeio por pontos turísticos do Rio, depoimentos de parentes, os ensaios para a prova decisiva.

— E aí, como está o coração? — perguntou o apresentador.

— Doze por oito, sempre. A pressão aqui é um reloginho — respondeu Bigode.

*

A CAMPAINHA DO TELEFONE interromperia a sequência. Luciana, homenageada do almoço, solicitava a presença de Vidal. A cobrança carregava o peso de uma expectativa, era uma promessa e ao mesmo tempo sua sombra. Havia apenas seis meses que ela começara a trabalhar no hospital, a promoção fora inesperada. Seis meses de palavras e gestos minuciosamente decorados, o modo como prendia os cabelos negros, em coque, com o lápis, a delicada cicatriz no lado esquerdo do pescoço, a perna posada sobre a outra, equilibrando a marmita com frango, legumes e arroz integral, o franzir das sobrancelhas ao ouvir um elogio.

— Já estou perto. No máximo em quinze minutos eu chego.

— O doutor quer que eu vá mais rápido?

— Não, tá tranquilo.

Onofre seguiu, sereno, ao volante. Vidal se distraíra e esquecera por alguns minutos do programa. Respondia às mensagens no celular quando percebeu o tênue aumento no volume da TV.

"My love,
There's only you in my life
The only thing that's right"

Bigode, com figurino inspirado em Lionel Richie, cantava os primeiros versos de "Endless love".

"My first love,
You're every breath that I take
You're every step I make"

Transfigurada em Diana Ross, Rita respondia.

Vidal pôde notar que uma ou duas lágrimas desceram pelas bochechas de Onofre, alcançando o cavanhaque. Rosto crispado e rígido na direção do para-brisa, o motorista tentava disfarçar.

— Tudo bem com o senhor?

Não houve tempo para a resposta. Assim que as vozes de Bigode e Rita, antes separadas, se sobrepuseram a dizer que dois corações batem como um só, nossas vidas apenas começaram, Onofre jogou bruscamente o carro para o acostamento e ali parou.

— Tudo bem com o senhor? — Vidal repetiu ao flagrar o rosto subitamente vermelho do motorista. Um suor gelado escorria pelas têmporas de Onofre.

— O doutor me desculpe.

— O senhor está sentindo alguma coisa?

— Está tudo bem. Sei que o doutor está atrasado. A gente já vai. Vou descontar no taxímetro, pode deixar.

— Não se preocupa com isso. Deixa eu tirar seu batimento, sou enfermeiro.

— Precisa não, doutor. Sou que nem o Bigode, do Caldeirão. Pressão sempre a doze por oito. É que essa música me lembrou uns passados bem antigos.

— Sei como é. Música às vezes pega na veia.

— Sabe copo americano?

— Aquele de cerveja?

— É.

— O que tem o copo?

— A gente saía para tomar café na padaria. Ela bebia puro, eu pedia o pingado no copo americano, não gostava de beber na xícara. Sempre assim, dois cafés e dois pães na chapa. Foi na época que essa música estourou. Era bonito, sabe?

— Anos oitenta?

— Mil novecentos e oitenta e um, nosso primeiro ano juntos. Fiquei com ela de oitenta e um a noventa e oito.

— E o que aconteceu? Se o senhor quiser falar, óbvio.

— Ah, aconteceu o que acontece. As coisas começam, crescem e depois acabam. Se a gente não tem como ser eterno, imagina se a felicidade vai ser? É feita pra morrer mesmo, sem direito a enterro.

*

A CONVERSA NO acostamento somou vinte minutos no atraso de Vidal e alguns reais na corrida, já que Onofre se esqueceria do desconto prometido. O motorista desligou a TV, sintonizou o rádio numa estação religiosa, retomou o caminho.
    Apenas o rádio fora ouvido no carro até a chegada ao restaurante.
    — Obrigado — disse Vidal, ao desembarcar.
    Já do lado de fora, entregou a nota de cinquenta ao motorista.
    — Tá aqui seu troco. E toma meu cartão. Se quiser chamar para a volta é só ligar que eu pego o doutor aqui. Ou quando precisar de outra corrida.
    — Obrigado.
    — Eu que agradeço ao doutor. Tenha uma boa tarde. E desculpe qualquer coisa.

*

TODOS JÁ HAVIAM almoçado, como Luciana quis deixar claro antes mesmo de Vidal dar os dois beijos protocolares, os parabéns pela promoção.
    — Quinze minutos, né?
    — O pneu do táxi furou.
    — Sei.
    — Vocês não vão esticar?

— É provável.

— Escuta, Luciana...

— Diga.

— Você lembra daquela canção "Endless love", que foi sucesso com o Lionel Richie e a Diana Ross?

— Acho que não. Quanto tempo tem isso? Não sei se é da minha época.

— Muito tempo.

— Como é a música? Canta aí.

Vidal hesitou, pensou na melodia e preferiu recusar.

— Sou péssimo cantando.

— Tá — Luciana sorriu. — Mas por que a pergunta?

— Nada demais. Lembrei dela hoje.

— Amor sem fim. Tá romântico, hein, Vidal? Olha, quero te apresentar uma pessoa. Vem comigo — e Luciana o levou até a cabeceira da mesa. Estavam todos lá, Rosa, a chefe do setor, Belinha, que serve o café, as recepcionistas Jéssica e Daniela, sempre irrepreensivelmente arrumadas, o pessoal da administração, os médicos.

— Esse é o Henrique, meu namorado. Baby, esse é o Vidal, que trabalha comigo lá no Inca. Aquele amigo de quem eu sempre falo.

— Grande Vidal! A Lu sempre fala mesmo muito bem de você. Muito prazer.

Os dois se cumprimentaram com cortesia, Vidal pediu licença e foi até o balcão. Pediu ao garçom uma cerveja, a mais gelada, não importava a marca, e disse que não, não era preciso reabrir a cozinha, que tomou café tarde e se viraria bem com um sanduíche em outro canto.

O garçom lhe entregou a garrafa, a película de gelo cobria toda a superfície.

— Tem copo americano?

— Não, aqui a gente só trabalha com tulipa.

— Vidal, estamos pagando. Você vai pra saideira com a gente, né? — a voz de Luciana, inconfundível, interrompia o diálogo.

— Vou. Já sabem qual o bar?

— Ainda estamos decidindo.

— Beleza. Vou só acabar essa garrafa. Me manda por mensagem o nome que encontro vocês lá — disse ele, antes de sacar da carteira o cartão de Onofre e perguntar ao garçom se ainda era possível sair uma refeição na quentinha.

Nota dez

A LUTA PELA América do Norte, enfim restrita a Cacá e Betinho, manteve todos à volta do tabuleiro. A tensão tornava o ar pesado. Mackenzie, Vancouver, Califórnia e Nova York continuavam dominados pelas peças azuis de Cacá. Betinho tomara os territórios do México, Groenlândia, Ottawa e Labrador. E avançava, com mais poder de fogo. Os demais jogadores estavam fora de combate, com suas peças restritas a dois ou três países.

Já eliminada, Manu acompanhava o combate sem escolher lado. Era mais próxima de Betinho, mas sua grandiloquência a incomodava. Betinho era aquele tipo que se acha. Aparentemente fragilizado na disputa, Cacá não formava com a turma. Uma espécie de forasteiro por vezes admitido pela falta de quórum.

A demora do jogo começava a deixá-la apreensiva.

— Às sete e meia saio do trabalho, às oito te pego — Marta, a mãe de Manu, havia sido clara. Era rigorosa com os compromissos e não tolerava atrasos.

— Daqui a pouco a mamãe chega, não vou conseguir ver a decisão — a menina disse à Tati.

— Liga pra ela, Manu. Pede um tempinho a mais.

— Mãe, ainda tá rolando o *War*, posso ficar até oito e meia? — com o celular à mão, na pequena varanda do apartamento, onde o sinal da operadora pegava melhor, Manu negociava.

— Oito e meia em ponto. Vou fazer uma hora no shopping, depois te pego aí. Mas a janta é em casa.

Antes mesmo de desligar o telefone, Manu pôde ouvir de longe o canto de Betinho comemorando o controle de mais um naco do mapa-múndi. Nova York é nosso, a-ha, u-hu.

Ela conhecia bem aquela varanda, que os pais da Tati — amigos dos seus pais — enfeitavam com luzes coloridas na época do Natal. Todo ano eles concorriam ao prêmio de melhor ornamentação da cidade. Investiam boa parte do décimo terceiro nas explorações ao Saara.

Dezembro, porém, ainda estava distante e soava estranho, para Manu, notar a varanda tão nua. Era como se o espaço ficasse maior sem os fios entrelaçados de luzes, a escultura dourada de Papai Noel. Apenas um varal fazia companhia aos dois vasos de planta.

— Manu, vai acabar aqui. Vem! — da sala, Tati reivindicava com o grito a presença da amiga.

— Já vou!

A ligação terminara e, alheia ao jogo por alguns minutos, Manu imaginava o que a mãe prepararia para o jantar. Nhoque à bolonhesa, talvez. Ou bolo de batata recheado de carne moída. Manu gostava de pôr ketchup no bolo de carne, que ficava rosado e um pouco mais doce. Marta reclamava. Kecthup faz mal pro estômago. Depois não chora quando a barriga estiver doendo.

— Manu, cadê você? Vem logo! — Tati, novamente.

Ao correr em disparada rumo à porta que divide a varanda e a sala, Manu sentiu a topada do pé esquerdo sobre a base do varal. O corpo foi lançado à frente e, para não cair estatelada no chão, ela agarrou as grades de alumínio onde eram penduradas as roupas. Foi o suficiente. Refeita do susto, checou as pernas e os braços: nenhum machucado à vista. O varal se sustentara de pé, mas as roupas espalhavam-se pelo piso de cerâmica.

— Manu?

— Peraí, Tati.

Manu pôs o celular no bolso da bermuda e se agachou para recolher as roupas. Com os pregadores, recolocava cada peça nas grades do varal.

Duas camisas sociais do pai da Tati, uma calça de pijama, três pares de meia de adulto, uma saia jeans, duas t-shirts. O último item era uma cueca. Tamanho médio, de adolescente. Possivelmente pertencia ao Allan, irmão mais velho da amiga.

Na ponta dos dedos, Manu sentiu a textura do tecido de algodão, ainda úmido. Então levou a cueca até o rosto. Encostou o pano na base do nariz, aspirou com força. Por trás do aroma adocicado do sabão em pó, havia outro cheiro, que ela não sabia identificar.

— Que isso, Manu? — e um tremelique lhe subiu pela espinha ao ouvir o timbre da voz de Betinho. Ele acabara de entrar na varanda.

— Nada, nada — e Manu, num espasmo, lançou a cueca sobre o varal.

— É uma cueca?

— Não, não. Tava limpando o nariz com um lenço. Tô entupida.

Betinho se aproximou do varal. A única peça despregada era mesmo a cueca.

— Você tava cheirando uma cueca?

— Tá maluco, Betinho? Claro que não.

— Tava sim.

— Era um lenço. De tirar catarro. Tomei um susto quando você chegou e joguei lá pra fora.

— Eu vi. Não adianta. Você tava cheirando uma cueca.

Manu percebeu que seria inútil negar o óbvio.

— Foi sem querer. Não comenta com ninguém, por favor.

— Eu vou contar pra tia Beth.

— Não, por favor. Eu achei que era outra roupa, queria só sentir o perfume do sabão.

— Vou contar que você gosta de cheirar as cuecas dos meninos — disse Betinho, com a prova do crime nas mãos.

Exasperada, Manu perguntou o que poderia fazer para que ele não dissesse nada aos amigos, ou ao Allan, ou aos pais da Tati. Betinho respondeu que ia pensar.

— Amanhã, na escola, a gente volta a se falar.

*

A PRIMEIRA AULA de sexta-feira foi a de Estudos Sociais. Clara, a professora, mostrou como cada espaço de convivência — a casa, a escola, o bairro — tem características próprias, ampliando a análise posterior para as esferas do município, do estado, do país. Alheia aos tópicos anotados a giz no quadro-negro, Manu observava a movimentação de Betinho.

O garoto rabiscava o caderno à medida que Clara falava. Da carteira de Manu, não era possível definir se as anotações tinham a ver com a lição ou se ele simplesmente desenhava. Betinho era ótimo no desenho.

Quando soou o sinal do intervalo, Manu foi até ele.

— Queria conversar sobre ontem.

— Sobre o jogo que o campeão aqui ganhou?

— Não, né?

— Ah, sobre a menina que cheira cueca?

— Para, Betinho.

— Pode deixar que não vou contar pra ninguém. Mas...

— Mas o quê?

— Mas você vai ter que pagar pra isso.

— Pagar como? Você quer dinheiro? Eu não tenho dinheiro.

— Não. Você vai fazer uns deveres de casa pra mim. O resumo que a professora passou. E também vai me dar cola na prova de Português.

— Eu tenho medo de dar cola — respondeu Manu, inquieta.

— Problema seu.

— O resto eu faço — ela concedeu.

— É tudo ou nada.

*

NA HORA DO RECREIO, Manu chamou Betinho no canto da quadra em reforma. Disse que topava o acordo, que cumpriria todas as exigências, que daria um jeito de passar as respostas da prova de Português.

— Como eu vou saber que, mesmo fazendo tudo isso, você não vai contar pra ninguém?

— Não tem como. Vai ter que acreditar em mim.

*

AO DISTRIBUIR AS provas corrigidas, Clara fez questão de parabenizar Betinho na frente dos colegas. Elogiou a radical mudança no desempenho, da nota dois no teste anterior para um dez que, segundo ela, deveria servir de exemplo aos demais.

— O Roberto demonstrou para todos nós o que eu sempre falo: com dedicação aos estudos, aos deveres de casa, às aulas, o resultado vem.

Ao ouvir as palavras da professora, Betinho levantou os braços e agitou as mãos, como quem saúda a torcida.

Manu não reclamou do oito e meio, abaixo da média habitual. Estava aliviada pela missão cumprida depois de duas semanas de empenho. No restante da tarde, esqueceria o assunto. Assistiu às aulas compenetrada em busca de mais notas máximas para o boletim. Ao toque do sinal, no fim do turno, só queria ir para casa, ver *Malhação*, escrever na agenda, brincar um pouco no tablet da mãe.

O ponto de encontro era o de sempre. Marta a pegaria de carro na barraquinha de churros que ficava na mesma calçada da escola. Foi dali que, enquanto aguardava, Manu viu o grupo de cinco meninos às gargalhadas em torno de um celular. Olhavam para ela, depois para o visor do telefone, de novo em sua direção. Ao se perceberem flagrados, cochicharam algo que Manu não pôde ouvir.

Puseram-se lado a lado, solenes como um time de futebol à espera do hino, e, ao final da contagem — um, dois, três —, puxaram a barra das cuecas para fora das calças.

Retrós e linhas

Escolhi o branco porque queria o contraste. No corte da linha, o dobro do que for preciso. Sempre. Depois passar pela agulha, com a destreza do jogo entre os dedos — polegar, indicador — e os olhos. Então o nó. Gosto de sentir o pontiagudo da agulha atravessando o tecido, de sentir as ranhuras, uma leve resistência quase erótica, como um pau que se aconchega aos poucos entre as paredes ainda secas da boceta. Lambo a ponta da linha antes de transpor a agulha. A linha faz cócegas no úmido da língua. E lá vai ela, conduzindo o fio alvíssimo de um lado a outro, pontos alinhavados e rentes, a demarcar o caminho. O mapa do vestido que redesenha as cidades que visitamos, bares, museus, restaurantes, o ponto de táxi sem carros à meia-noite e meia de uma terça-feira. Quem vai fazer o vestido?, alguém perguntou, e pareceu óbvio que a tarefa me cabia. Mas logo você? Logo você?, a reiteração plena de espanto. Desde pequena, me apraz a dança sinuosa da agulha sobre o pano, a lógica matemática da costura. Você fica com essa responsa — a gíria queria tornar tudo muito natural — e a gente cuida do resto. Foda-se, pensei. Foda-se o resto. Mas não disse nada. Assenti com o leve menear da cabeça e passei a imaginar um naipe de cortes, cores, texturas. Foda-se o resto. Branco sobre negro. Exceção para a borda, chuleada só em preto. Às vezes o olhar desvia, foge para a tela insistente de um e-mail enviado, sem resposta, o bom-dia que ficou no ar e acabou levado pelo vento apressado do inverno, um comentário sobre os filhos que não teremos, sobre tudo que eu mereço e não terei, um sorriso amarelo, a mão que contrai ao tocar a outra, em espasmo, a palavra que falta, por um segundo, só um segundo. Eu não sou lésbica, ela diz enfim. Mas. Não, não, você não está entendendo, eu não sou, nunca fui. Não é para mim. Sinto o bico da agulha morder o dedo e a dor sutil me traz de volta, as dores e suas urgências que tomam tudo num cálculo frio. Há espaço demais entre um ponto e outro, é preciso descoser, recomeçar duas casas atrás. Talvez alguns centímetros extras de linha branca para percorrer novamente o trajeto. Sem dedal, atenção é condição básica. E a carne é permeável, como o tecido, os ouvidos alheios, o comentário jocoso, a data esquecida, uma hesitação qualquer, a palavra recolhida porque não vale a pena, a palavra que fere sem querer ferir, a palavra que falta por um segundo, apenas um segundo. Foda-se. Eu já vou, e não vai, amanhã talvez, depois de amanhã, eu volto, no fim de semana, quando tudo estiver mais, ou depois, depois do banho, depois do almoço, depois do trabalho, quando tudo estiver mais, ou depois. Também já gostei de pau, do cheiro acre do homem, o suor que espalha sal no palato. Distração. Não vou mais errar o curso da agulha, é impossível repetir com exatidão o movimento, mesmo quando se erra. É impossível apagar as mensagens porque não, nesse caso não vale o escrito, o telefone que toca, e toca, e toca, e toca, o nome a vibrar na tela, agora não, não dá, eu te amo, hein, eu te amo, um carinho pintado a guache na superfície frágil da seda. E é de seda mesmo, mas escolhi a Mikado, mais espessa, menos passível de rasgar. Não é fácil costurar na seda. Amanhã talvez, no fim de semana, quando tudo estiver mais, ou depois, talvez, quando voltar de viagem, aliás, aproveita a viagem, para dentro, bem dentro, de si, quando voltar. A gente conversa. Depois que eu cerzir cada parte do vestido, que o vestido cobrir cada curva do seu corpo, demarcando músculos e ossos que conheço tão bem, que você perceber que o preto no branco não é à toa, chega de nuances. Chega. Atravesso a linha mais uma vez, de novo a ranhura, estico até sentir o tranco no tecido, num movimento longo. Firmo o nó. O vestido toma forma. Falta o acabamento, pequenos acertos. Levanto-o com as mãos, em direção ao lustre do teto. A claridade arranha os olhos, como uma conjuntivite súbita. Os segundos se passam, refazendo os contornos do quarto, seus ângulos. Contra o branco do teto, o tecido em contraluz, bem costurado nas bordas, se enche de ar, de ausência. Um vestido preto para o casamento. Meu presente. Meu afago. Meu amor.

Vanessa

As quatro batidas tímidas se alastraram em poucos segundos pelo vidro da porta, até virar silêncio. Na panela, o extrato de tomate borbulhava. As salsichas logo seriam despejadas ali, para depois se juntarem ao macarrão, que descansava no escorredor. Aurora cuidava de fatiar a cenoura. Gostava sempre de pôr um legume na comida. Melhora a pele, faz baixar o colesterol.

O almoço esperava Vanessa. Era comum a menina sair da escola e parar em algum canto para papear com as colegas de turma antes de subir a longa ladeira da Rua Maranhão. Estava naquela idade em que a adolescência, para além do corpo, começa a se insinuar em palavras novas.

O rádio da sala vibrava com um axé em alto volume, enquanto Aurora despejava as cenouras na panela, misturando ao molho. O cheiro já chegara à sala e ao solitário quarto da casa. Ela só pôde notar que havia alguém à porta porque o CD parou de girar. Novas batidas, dessa vez mais firmes. O vidro estremeceu.

Panela em fogo brando, pra não queimar o almoço, e o já vai precedeu a corrida até a entrada.

— Quem é? — perguntou, cautelosa.

— É a casa da dona Aurora?

*

VANESSA NASCEU QUANDO o casamento de Aurora e Luís já contava três anos. Ele desejava um menino, para ensinar a assentar tijolo e torcer pro Flamengo. Aurora só pedia que viesse ao mundo com saúde.

Herança do avô, a casa da Rua Maranhão ganhara um pequeno berço rosa. Luís comprou o móvel de segunda mão e caprichou na pintura. Parecia novo.

Nos oito anos desde o parto, o tempo correu veloz. A bebê de músculos frágeis e choro fácil tornou-se uma estudante com uniforme e notas medianas. Vanessa sonha fazer a faculdade de Odontologia, abrir um consultório no Méier. A mãe costuma dizer que dentista ganha bem e é uma profissão bonita, que põe sorriso no rosto das pessoas. Na perspectiva de Luís, um curso técnico bastaria. Mas, no íntimo, ele se orgulha dos planos da filha. Passa os dias misturando cimento e levantando laje para fechar as contas do mês. Aos domingos, gasta uns trocados no bar de karaokê, que fica a duas quadras da casa. Queria, na verdade, ser cantor. Costuma apostar suas fichas em "Smells like teen spirit", do Nirvana, embora não saiba quase nada de inglês. Se exagera na cerveja, encontra o quarto trancado. Aurora não perdoa. Luís protesta, grita, soca a porta. Acaba acordando Vanessa, que invariavelmente chora. O sofá da sala então se transforma em bom lugar para passar a noite.

*

— É, SIM. Quem deseja?
— Cabo Oliveira, do 3º Batalhão.
— O senhor quer falar com o meu marido?
— Posso entrar, por favor?
— Ele tá no trabalho, uma obra ali no Engenho de Dentro. Volta lá pelas cinco.

*

O TRAJETO ENTRE o Colégio Estadual Antonio Houaiss e a casa da família não chega a quinhentos metros. Desde o último aniversário, Vanessa vai e volta sozinha da escola. Às vezes, faz a caminhada ao lado do Lucas, que mora mais para o alto do morro e também está na sexta série.

Ela adora o piso de paralelepípedos e a visão que se descortina a partir da ladeira. Da porta de casa, de manhã cedinho, vislumbra o emaranhado de construções encravadas no mato, as paredes de tijolo sem pintura — ao fundo, os prédios avarandados do Lins de Vasconcelos. É como se ela morasse em outro bairro, um ponto verde e marrom isolado sob o céu da cidade. À medida que desce, as cores mudam.

*

A MÃE NÃO SABE, tampouco o pai, que Lucas acha Vanessa a garota mais incrível da Boca do Mato. Os cabelos crespos, quase sempre amarrados no rabo de cavalo, a mania de falar tipo assim antes de todas as frases.

Vanessa o tem como amigo, nada mais. Para ela, o garoto mais incrível da Boca do Mato é, tipo assim, o Beto, que já está no primeiro ano do Ensino Médio e compõe rap. Ela sabe que em breve ele vai acabar os estudos no colégio. Que vai fazer faculdade, trabalhar com o tio no comércio ou ficar rico com seu canal de música no YouTube.

Além de gostar do Beto, Vanessa gosta de ouvir a Anitta, de tomar sol e de comer pastel de carne — mas tem que ter ovo cozido no recheio.

*

— É COM A senhora que preciso falar. Posso entrar?
Aurora aquiesceu, mostrou o sofá.
— Obrigado. Não vou demorar nada.
— Então... O que o senhor deseja?
— A senhora é a mãe da Vanessa da Silva, correto?
— Sou, sim. Ela se meteu em problema?
— Não, senhora. É que houve uma troca de tiros e infelizmente

Agradecimentos

Aos amigos Daniela Name, Fernando Molica, Flávio Izhaki, Henrique Rodrigues, Livia Vianna, Marianna Araújo e Mateus Baldi, pelas conversas francas e afetivas sobre este livro.

A Duda Mota e Biancka Fernandes, pela leitura crítica do conto "Purpurina".

A toda a equipe da Editora Record, mais uma vez, pela acolhida.

Este livro foi composto na tipografia Minion
Pro, em corpo 12,5/18, e impresso em
papel off-white no Sistema Cameron da
Divisão Gráfica da Distribuidora Record.